#해시태그 스토리

해시태그 ✚ 스토리

아자부 게이바조 | 가키하라 도모야
가쓰세 마사히코 | 기나 지렌 지음
박기옥 옮김

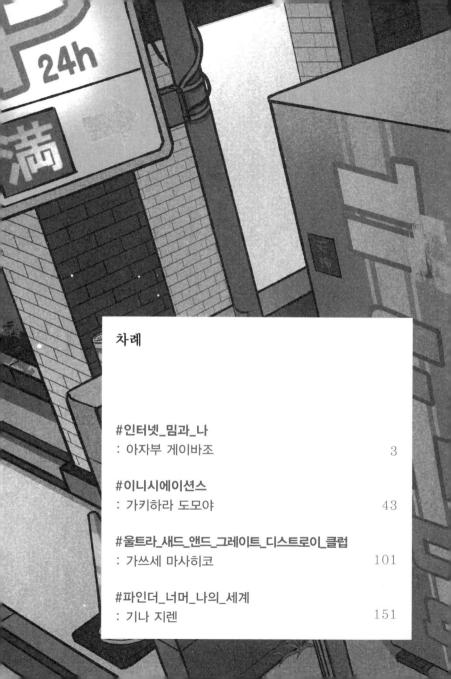

차례

#인터넷_밈과_나
: 아자부 게이바조

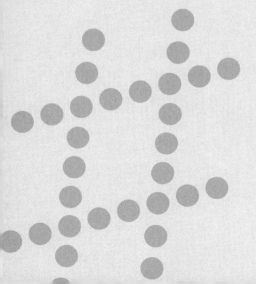

아자부 게이바조(麻布競馬場)

1991년생. 일본 게이오대학 졸업. X(구 트위터)에서 주목받은 단편 소설을 2022년에 한 권으로 엮어 《이방에서 도쿄 타워는 영원히 보이지 않는다》라는 제목으로 출간하며 데뷔했다.

인터넷 좀 했다는 사람이라면 보나 마나 이 사진이 눈에 익을 터다. 종종 '정보량이 너무 많은 짤 모음.zip'이라는 제목으로 유머 사이트에 올라오는 사진이다.

산간 지역의 농촌에서 찍힌 사진 같다. 논두렁을 중심으로 좌우에 물 빠진 논이 펼쳐져 있고 뒤편에는 잡목림도 보인다. 제일 앞에 있는 사람은 어느 중고등학교의 평범한 교복을 입은 여자아이로, 얼굴은 잘려 나가 보이지 않지만 카메라에 대고 씩씩하게 가운뎃손가락을 올리고 있다. 그 뒤로 아마도 잡종 같은 누렁이 한 마리가 산책용 목줄을 질질 끌면서 신바람 나게 혀를 빼물고 소녀에게 달려가고 있다. 그리고 소녀와 강아지 뒤에는 발을 헛디뎌 바닥에 엎어지기 직전인 할머니가 보이는데…….

대체 무슨 일이 벌어지고 있는가? 누가 무슨 의도로 이런 사진을 찍었나? 소녀의 얼굴이야 가려졌다지만, 화질이 나쁜 카메라로 초보가 대충 찍은 듯한 이 사진이 어쩌다 인터넷이라는 이름의 바다를 떠돌게 되었나? 배경 정보까지 생각하다 보면 뇌의 전원이 강제로 내려갈 것만 같다. 온라인에서는 '빌어먹을 깡촌은 엿이나 먹으라는 소녀'라는 식의 해석이 정설로 통하지만, 사실인지 증명할 근거도 없거니와 진실을 밝힐 당사자도 나타나지 않는다. 누구나 이 사진을 아는데 누구도 이 사진의 내막을 모른다. 본말이 전도된 상황이라 하겠다.

나도 남들과 다를 바 없이 사진 자체에 관해서는 전혀 모른다. 그러나 적어도 여기 찍힌 강아지만큼은 알고 있다. 이름은 하나. 정확히 몇 살인지는 모르지만 어림짐작으로도 제법 나이가 들었을 이 개는 지금 주황색 페디큐어를 칠한 내 발치에 있다. 색바랜 털로 뒤덮인 배가 느긋이 오르내리며 조용히 잠들어 있다……. 그런 하나를 일분가량 지켜본 나는 마음을 굳히고 SNS에 글을 올렸다.

[리트윗(현 X, 구 트위터에서 타인의 글을 퍼 나르는 것–옮긴이) 부탁드립니다] 이 유명한 사진에 나오신 여자분을 찾습니다. 저는 사진 뒤쪽에 찍힌 강아지 보호자입니다. 유기견이라 그전까지 어떻게 지내 왔는지를 모른답니다. 앞으로 몇 년이나 더 살지 모를 우리 강아지를 다시 한번 만나서 쓰다듬어 주실 수 없을까요?

2023년 8월 2일 16:57

***

"2등이면 안 됩니까?"(2009년 일본 유행어. 정부 공개 예산 심의 중 슈퍼컴

　코미디언이 성대모사를 선보이니 객석이며 출연진이며 배를 잡고 웃는다. 오른쪽 위에 '아날로그(2012년 종료된 일본의 방송 송출 방식-옮긴이)'라는 반투명 문자가 뜬 텔레비전 화면에서는 오후 일찍 시작한 연말 특집 방송이 끊임없이 흘러나온다. 오후 두 시 반. 코타츠(탁상형 난로-옮긴이)가 놓인 거실에는 나밖에 없다. 구부정한 자세로 코타츠에 들어앉아, 앞으로 열 시간이면 끝나는 2009년을 무저항으로 흘려보내고 있었다.

　"2등이 뭐 어때서요? 요시미 의원도 그렇게 생각하시죠?"

　공부방 문이 열리더니 대학교 겨울방학을 맞아 집에 돌아온 도모미 언니가 거실로 나왔다. 평소 나고야에서 자취하는 언니가 보기에 이 지루한 시골구석에서 구태여 시시한 재미를 좇아 외출한다는 행위는 비효율과 불필요의 극치인 모양이다. 크리스마스 다음 날 가족이 있는 빌라로 돌아왔나 했더니만 대부분 2층 자기 방에 머물렀다. 대학교 3학년이 보통 무얼 하며 시간을 보내는지는 몰라도 언니 성격에 두꺼운 전공책이나 펼쳐 놓고 책상 앞에 앉아 있을 것이 뻔했다. 일찍이 '신동'이라 불렸으며 이날 이때까지 그 명예로운 칭호를 당당히 내걸 권리를 지켜 온 언니는 부엌으로 가서 엄마가 주전자에 끓여 놓은 우롱차를 컵에 따라 꿀꺽꿀꺽 호쾌하게 목으로 넘겼다. 창밖으로 저 멀리 도카이도 신칸센(도쿄~오사카를 오가는 고속철도-옮긴이)이 깜박이는 빛을 반사하며 달려가는 모습이 보인다.

"다 소용없어, 2등 같은 건. 1등만 하는 사람이야 모르겠지만."

시야 한구석에 언니를 담았으면서도 묵직한 머리를 구태여 언니 쪽으로 돌리지는 않은 채 나는 나직이 중얼거렸다. 예산 심의 때문에 슈퍼컴퓨터는 2등이 되었다지만 우리 언니는 영원불멸한 1등일 터다. 나이는 세 살 터울, 나고야대학 의학부에 다니느라 혼자 나가 사는 언니와 유치원부터 고등학교까지 쭉 같은 학교를 나오다 보니 "도모미 말이니? 우리 반이었는데 정말 대단한 아이였지."라는 소리를 담임 선생님에게 몇 번이나 들었다. 언니는 그야말로 우등생이었다. 머리가 좋아서 시험만 쳤다면 전교 1등인 데다 검도부 부장이며 학생회장까지 도맡은 만큼 내신도 완벽했다. 누구나 동경 반 질투반으로 '신동 나카야마 도모미'라 추켜세웠고, 언니 자신도 공연히 빼기는커녕 태연스레 신동 칭호를 받아들였다.

우롱차를 두 컵째 든 언니가 "뭐 재밌는 거 해?"라며 코타츠 맞은편에 앉았다. 나는 "딱히."라고 무뚝뚝하게 대꾸하고는 언니와 교대하듯 부엌으로 걸어가 우롱차를 한 잔 마셨다. 윙윙 시끄럽게 돌아가는 온풍기는 추위를 타는 아빠 취향에 따라 30도쯤에 맞춰져 있었고, 온풍기가 내뿜는 열을 있는 대로 받아들인 스테인리스 주전자에서 우롱차를 따랐더니 이상하게 미지근했다. 괜스레 찝찝해서 한 모금 마셨다가 싱크대에 쏟아 버렸다. 그러고는 감정이 실리지 않은 말투로 언니에게 "산책하고 올게."라고 말한 뒤, 집에서 입던 아무 옷 위에 이온몰(일본의 대형 쇼핑몰-옮긴이)에서 작년에 사 주신 상아색 다운재킷을 걸치고는 마치 그곳에서 도망치는 양 문을 열고 밖으로 나섰다.

현청(한국의 도청에 해당—옮긴이)이 있는 도시라지만 도심에서 전차로 15분만 벗어나면 야트막한 주택가가 펼쳐진다. 개중에 가장 높은 갈색 빌라 4층이 우리 집이다. 걸어서 5분 만에 주변은 온통 물을 뺀 논밭 천지다. 나는 그 사이로 걷고 있다. 허옇게 바래고 여기저기 금이 간 아스팔트를 지르밟으며 어디까지고 이어질 것만 같은 직선 가도를 정처 없이 방황하듯 걷고 있다. 바람 한 점 없이 고즈넉하니 맑은 날이었다. 12월 끝물의 공기는 에일 듯 차가웠지만 미적지근하고 텁텁한 거실 공기를 언니와 함께 마시느니 이편이 상쾌해 좋았다.

형제자매 가운데 신동이 나면 나머지는 어떤 마음으로 살아가는지 남들은 알까? 우선 친구가 이런 소리를 한다.

"너희 언니 완전 천재 아니야? 현역으로 나고야대 의학부라니 그게 말이 돼?"

거기까지는 그나마 괜찮다. 문제는 가족이다.

"언니랑 같은 고등학교에는 붙었으니, 성적을 여기서 조금만 더 올리면 좋을 텐데."

그런 말을 차라리 무섭게 혼내면서 입에 올리면 얼마나 좋았을까? 엄마는 항상 나라는 인간의 능력 부족이 진심으로 걱정된다는 투로 말하다 끝에 가서는 심지어 "으응, 그렇다고 무리하지는 말렴. 요시미한테는 요시미만의 장점이 잔뜩 있으니까."라는 둥 덧붙이며 다정한 응원마저 건넸다.

"내 장점이란 게 뭔데? 언니한테 없고 나한테는 있는 게 대체 뭐냐고. 지금 있다고 했지? 했잖아! 맨날 그런 식으로 무책임하게 좋은 말만 하면 다야……?"

소리 지르고 싶은 충동을 꾹 눌러 삼키며 나는 말없이 머리를 푹 숙인 채 그 자리를 모면했다. 4월 중순께, 고등학교에 들어와 처음 치른 신입생 실력 테스트 결과를 엄마에게 보여 준 날이었다. 그날 나는 "산책 갔다 올게."라는 말을 남기고는 스니커즈를 꿰신고 밖으로 나섰다. 적극적으로 무슨 이유가 있어서라기보다, 그저 집에 있기는 싫은데 이 동네에 열다섯 살짜리가 갈 만한 곳이라고는 달리 없다는 소극적 이유에 따른 행동이었다. 그날을 시작으로 고등학교 3학년이 된 지금도 나는 툭하면 이렇게, 대체로는 언니가 엮인 일 때문이지만 어쨌든 오늘처럼 산책을 나선다. 일 년쯤 전부터는 산책에 다소나마 적극적 이유가 더해졌다. 논두렁 너머에서 나만의 소소한 행복을 발견한 까닭이다.

"하나야!"

내가 이름을 부르기도 전에 무거워 보이는 쇠사슬을 찔렁찔렁 끌고 알아서 다가온 강아지가 하나다. 논밭 한중간에 자리한 단층짜리 낡은 목조 주택의 정원 비슷한 공터에서 키우는 갈색 믹스견이었다. 몇 살인지는 모르지만 내가 번쩍 안아 들 만큼 작은 몸집과 윤기가 자르르 흐르는 털을 보건대 태어난 지 몇 년 안 된 강아지일 테다. 나는 거무스름하게 찌든 외벽에 박힌 놋쇠 벽걸이에서 익숙한 동작으로 산책용 줄을 가져다 너덜너덜한 목줄에 원터치형 고리로 연결한다. 하나는 절그럭거리는 묵직한 소리를 내는 쇠줄에서 풀려나 기쁜지, 아니면 이 앞에 저를 기다리는 산책 시간이 즐거워 견딜 수 없는지 아무튼 꼬리가 떨어져 나가리만치 횡횡 흔들어 댔다.

　하나를 키우는 사람은 요네자와 씨라고 하는 할머니였다. 이렇게 말하기는 뭐하지만 당장 내일이라도 덜컥 돌아가실 것만 같은 여든 후반의 노인으로, 다리가 아픈지 허리가 아픈지는 몰라도 외출할 때 지팡이를 짚거나 보행 보조용 핸드 카트를 느릿느릿 밀면서 무척이나 힘겹게 걸어 다녔다. 그런 할머니가 하필이면 잦은 산책이 필수인 강아지를 키우면서 "난 개가 좋고, 혼자선 외롭거든."이라는 이유를 들었다. 실제로 할머니는 하나(이 이름은 내가 아니라 요네자와 씨가 지었다)를 매일 같이 쓰다듬었고, 내가 아는 한에서는 밥도 제대로 챙기는 것 같았다. 다만 산책은 시키지 않았다. "나야 허리도 이 꼴이고. 무어, 쇠사슬에 매여 있다지마는 저만하면 충분히 돌아다니고도 남잖겠어?" 할머니는 이렇게 주장하지만, 내가 체인을 벗기고 산책에 데리고 나설 때 하나가 흡사 미소 짓는 양 입꼬리를 올리고 혀를 빼문 채 폴짝대는 발걸음으로 길을 걷는 모습을 보노라면, 하나는 훨씬 자주 산책을 다니고 싶은 모양이었다.
　갑갑한 공기 속에서 도망치려고 집을 빠져나온 그날 나는 하나와 처음으로 만났다. 하나를 쓰다듬고 있자니 현관에서 요네자와 씨가 나오기에 "혹시 괜찮으시면 제가 하나를 산책시켜도 될까요?"라고 말을 꺼냈고 할머니도 흔쾌히 받아들였다.

나와 하나는 서쪽 또 서쪽으로 언니가 있는 집에서 가능한 한 멀리 걸어 나간다. 하나의 발톱이 아스팔트에 스칠 때마다 갑작갑작 흥겨운 소리가 난다. 끝없이 계속될 것처럼 보이는 논두렁길이지만, 골프장 외곽의 잡목림과 만나며 끝이 났다. 말 없는 생명과 보내는 시간도 언젠가 끝을 맞이할지 모른다. 실상 그 끝이 머잖아 찾아오리라는 현실을 나는 머리로는 알았으되 마음으로는 받아들이지 못하고 있었다. 나는 지난가을에 지정교 추천(일본에서 대학 측이 일부 고등학교를 지정하여 재학생을 추천받는 입시 제도-옮긴이)으로 메이지대학에 진학하게 되었다. 다시 말해 내년 봄에는 고향을 떠나 상경할 예정이다. 세상 사람의 인식으로는 꽤 그럴싸한 진로일 것이다. 그러나 행복이란 세간의 평균치가 아니라 자신을 둘러싼 세계와의 상대평가로 정해지는 법이다.

"하나야. 2등이 그렇게 나빠?"

가족에게조차 묻지 못했던 나의 질문에 하나는 혀를 헥헥 잘게 떨면서 이쪽을 힐긋 보기만 했다.

내가 어떻게 해야 좋을지 도저히 모르겠다. 언니하고는 당연히 즐거운 추억도 많았다. 온 가족이 다 같이 다녀온 USJ(일본 대형 유원지-옮긴이). 수영 학원에서 돌아오는 길에 둘이 함께 먹은 세븐틴 아이스(일본의 자판기 아이스크림 브랜드-옮긴이). 아빠가 모는 차의 뒷좌석에서 나누던 대수룹잖은 수다……. 그런 한편으로 최근 언니가 있는 집에서 나는 비참하기 그지없는 감정에 휩싸여 간신히 숨을 쉬며 버티고 있다.

가슴속에서 상반된 마음이 서로 충돌하며 피를 흘린다. 스스로 쌓아 올린 이 모순을 앞두고 나는 어떻게 살아가야 하나? 아무리 기다려도 답은 나오지 않았으므로 나는 다만 집에서 최대한 먼 곳까지, 다시는 돌아가지 못할 만큼 먼 곳까지 하나와 영원히 걷고만 싶다는 충동이 든다.

***

겨울방학이 끝나고 학교에서는 아이들이 몇 주 만에 다시 만나 서로 반기며 떠들었다.

"연말 카운트다운 라이브 말고는 계속 죽어라 공부만 했다니까!"

"새해 첫 참배는 조르고 졸라서 따라갔거든? 근데 운세 뽑기는 겁나서 못 하겠더라."

다만 대화 곳곳에, 또 그러한 대화가 차곡차곡 모여 만들어지는 교실 안 공기에는 손에 잡힐 듯한 긴장이 도사렸다. 앞으로 두 주 뒤면 센터 시험이고 그 뒤에는 사립대 일반 시험이 기다리니만큼 당연한 분위기였다(일본 대입은 한국의 수능에 해당하는 구 센터 시험, 현 공통 테스트와 사립대별 일반 시험이 있다-옮긴이). 친한 친구 미카는 나고야대학, 지히로는 도시샤대학이 제1지망 학교인데, 두 사람 모두 모의고사 결과가

A등급 안정권은 아닌 눈치였으니 분명 겨울방학 동안 누구처럼 코타츠에서 무의미하게 시간을 낭비하지는 않았을 터다.

이날은 시업식 후에 센터 시험 당일을 대비한 생활 방식 등을 설명하는 시간이 있고 오후는 자습이었다. 오늘부터 자율 등교가 시작되어 학원에 가거나 집에서 공부할 사람은 학교에 오지 않아도 되고, 학교에서 집중이 더욱 잘 되는 기특한 학생이 있다면 자기 반이든 친구네 반이든 마음대로 가서 자습하라고 했다. 미카와 지히로는 둘 다 역 앞에 있는 도신위성입시학원(일본의 입시학원-옮긴이)에 간다며 도시락을 먹자마자 짐을 착착 정리했다. "졸려 죽겠어.", "내 말이."라고 툴툴대면서 나란히 자전거를 타고 학원으로 향하는 두 친구의 뒷모습은 유난히 눈부셨다.

"저, 저기, 요시미. 나 누군지 기억할까? 중1 때 같은 반이었는데……. 그리고 그 뭐야, 사실 나도, 추천 입학으로 메이지에 가거든……?"

다음에 언제 또 볼지 모를 친구들과 헤어지기 아쉬워, 길이 나뉘는 교차점 앞에 멈춰 서서 이야기를 나눌 때였다. 자전거에 걸터앉은 여자아이가 갑자기 말을 붙였다. 워낙 오랜만에 보는 얼굴이라 한순간 이름이 떠오르지 않았는데, 우에다라는 아이였다. 우에다와는 초중고를 같이 나왔지만 같은 반이 된 적은 딱 한 번뿐이고 동아리나 친구 무리도 겹친 적이 없었다. 게다가 우리는 별반 가까운 사이가 아니었다. 우에다를 싫어한다기보다는 좋고 싫은 판단이 가능할 만큼 그 아이와 엮일 기회가 아예 없었다. 그런 우에다가 느닷없이 나를 부른들 무어라 대꾸할 만한 말이 없었고, 무엇보다도 지금은 미카와 지히로와의 대화가 우선이었다. 두 친구는 옆에서 이 상황을 떨떠름하니 지켜보고 있었는데, 한창 중요한 시기인 수험생을 이런 추운 날씨에 계속 세워둘 수도 없었다.

"……누군지 알긴 아는데, 미안하지만 지금은 얘들이랑 얘기하는 중이라서."

나는 단지 그렇게만 말하고는 우에다가 떠나가기를 기대했다. 하지만 우에다는 우물쭈물 주위를 둘러보며 그 자리에 남아 있었다. 부드럽게 돌려 말했더니만 말뜻을 있는 그대로 받아들이고는 우리 이야기가 끝나기를 기다릴 모양이었다.

"우에다. 요시미는 남한테 싫은 소리 못 하는 애니까 그냥 내가 말하는데, 가던 길 가라는 뜻이었거든? 네가 요시미한테 할 말이 있든 없든 지금 우리끼리 얘기하고 있던 게 안 보여? 요시미한테도 언제 누구랑 대화할까 결정할 권리가 있고 말이야. 알겠어?"

망설이는 나를 대신해 조금 심한 말투로 우에다에게 쏘아붙인 사람은 미카였다. 평소에는 싹싹하니 주위를 돌보는 성품이지만 교실에서 여학생에게 남학생이 못된 장난을 치거나 하면 미카는 언제든 지금처럼 따끔한 한마디를 날렸다.

"그, 그랬구나. 미안해, 내가 좀, 이런 게 서툴러."

내 속마음이 겨우 전해졌는지, 다만 미카의 딱딱한 태도에 겁을 먹어 그런지는 몰라도 우에다는 선 채로 페달을 밟으며 빠른 속도로 떠났다. "또 신세 졌네."라고 사과하자 미카가 "요시미는 잘못 없어!"라고 으름장 놓듯 되받아치기에 나는 황송무지할 따름이었다. 듣자니 미카나 지히로는 예전에 우에다와 여러 번 같은 반을 지냈던 모양이다.

"나는 우에다 쟤 별로야. 나만 그런 것도 아닐걸. 사람 대할 때 거리감을 영 못 잡는다고 할지, 자기만의 세계? 그런 걸 남한테도 마구 들이댄다고 할지⋯⋯. 친구도 별로 없고, 동인녀(주로 남성 동성애를 그린 작품을 좋아하는 여성으로, 팬 메이드 작품을 만들기도 한다−옮긴이)라나 뭐라나 그래. 좀 이상한 블로그를 한다던데."

지히로는 질색하는 표정으로 우에다가 사라진 쪽을 보며 말했다. '블로그'라는 단어를 듣는 순간 나는 눈가를 파르르 떨었지만 평정을 가장한 채 친구들과 헤어졌다.

그날도 나는 집에 자전거와 가방을 두고 곧장 하나네 집까지 걸어가 줄을 잡고 산책에 나섰다. 지금쯤 미카랑 지히로는 책상 앞에 필사적으로 매달려 있으려나? 삼 년 전 수험이 코앞에 닥쳤을 때 언니가 그랬듯이⋯⋯. 그 생각을 떠올리자 문득 가슴이 쿡 쑤셨다.

본래 나의 제1지망은 와세다대학이었다. 다른 대학에 없는 와세다만의 유일무이한 매력을 느껴서는 아니고, 그저 진로 지도실 벽에 붙은 가와이학원(일본의 입시학원−옮긴이)의 대학 편차치 순위에 따르면 사립대 중에서는 와세다의 편차치가 가장 높았기 때문이다. 다른 이유는 없었다. 그 옆에 국공립대학 순위도 붙어 있었지만 그쪽은 보지 않았다. 고1 때 진작 수학을 포기한 내게 국공립대라는 선택지는 존재하지 않았다.

실은 거짓말이다. 정말로 가고 싶었던 곳은 나고야대 의학부였다. 그야말로 단순히 언니가 거기 다녔기 때문이다. 언니의 합격 발표가 난 뒤 일가친척의 기쁨이란 이루 말할 수 없었는데, 특히 언니 본인과 그의 치열한 수험 공부를 뒷바라지한 엄마가 서로 부둥켜안고 조용히 눈물을 흘리는 광경은 나의 뇌리에 아마도 평생 사라지지 않으리만큼 선명하게 새겨지고 말았다.

엄마가 나를 위해 운 적은 한 번도 없었던 것을 그 순간 깨달았다. 나란 아이는 천성이 내성적이고 주위의 눈치를 보기 급급해 내 의견을 솔직히 말하지 못하는 경우가 잦았다. 어쩌면 그런 성격은 나 스스로 '언니만 한 가치도 없는 주제에 최소한 주변 사람에게 폐는 끼치지 말아야지.'라고 저주를 걸었기 때문일지도 모른다. 그러므로 나는 엄마가 불편할 일은 저지르지 않았으나 동시에 엄마가 기쁨의 눈물을 흘릴 만한 성과를 내지도 못했다. 기실 엄마라고 나를 사랑하지 않는 것은 아닐 터다. 다만 딸들에게 거는 기대의 크기가 있다고 할 때, 당연히 나보다 언니를 향한 기대가 훨씬 컸으리라. 학교를 따라갔을 뿐만 아니라 언니가 배우는 것이라면 뭐든 따라 한 나였지만 언니는 무엇이든 나보다 잘했다. 대학 입시도 마찬가지였고, 이로써 각자 열여덟 해를 쌓아 올린 인생의 점수 차가 증명되면서 나의 자존심은 산산이 부서지고야 말았다는 느낌이 든다.

나는 입시에서 도피했다. 《청색 차트(일본 스테디셀러 참고서 시리즈-옮긴이)》를 달달 외워도 수학을 깨치지 못한 시점에 나고야대 의학부는 포기하고 와세다대로 방향을 틀었지만, 그쪽은 그쪽대로 모의고사 결과가 내내 C등급에서 B등급 턱걸이를 오갔으니 이대로는 아무리 노력한들 합격할 수 있을지 의심스러웠다. 그때 담임 선생님이 메이지대 지정교 추천 입학 제도에 지원해 보지 않겠느냐고 묻기에 나는 득달같이 달려들었다.

요컨대 나는 자신에게 거는 기대를 나 스스로 접었다. 게다가 그것을 언니와 엄마 탓으로 돌리고 말았다. 악의는 없으나 나를 아득히 웃도는 언니, 마지못해 베푸는 자비처럼 그럼에도 나를 긍정하는 엄마. 집이라고 하는 가장 익숙하고도 비좁은 세계에서 나는 끊임없이 비치사성(非致死性) 비참함에 시달렸고, 가을 안에 일찌감치 진로가 결정되어 입시에서 발을 뺀 이래로 요즘은 학교에서도 일종의 고독마저 느끼고 있었다.

'오늘도 시시한 하루였습니다.'

이 한마디를 쓰고 당일 찍은 사진을 아무거나 한 장 올리면 끝인 블로그를 작년 11월부터 시작한 까닭은 아마도 그러한 현실에서 눈을 돌리기 위해서였다. 아메바 블로그(일본의 유명 블로그 서비스-옮긴이) 대신에 되도록 이용자 수가 적고 덜 알려진 서비스를 고른지라 이제 와 세세한 부분까지는 기억나지 않는다. 누군가에게 보여 주거나 다른 사람과 교류할 생각이 없었던 그 블로그의 조회수는 거의 0에 가까웠으며 가끔 1이나 2라는 숫자가 찍혀도 댓글은 달리지 않았다. 말하자면 블로그는 이 시골 마을의 좁아터진 집에서 바깥을 향해 활짝 열린 창문이되 나의 지극히 개인적인 일기장이기도 하다는 양면성을 공유했다.

초기 설정 그대로 두고 이름만 대충 지어 쓰던 그 블로그에 올린 사진은 하나같이 빈약한 피처폰 카메라로 찍은 것으로, 내가 바라보는 세계 그 자체였다. 교실에서 미카, 지히로와 어울려 먹은 도시락. 자율 등교가 시작되어 텅 빈 복도. 빨아서 베란다에 널어 말리던 물범 인형. 하나. 하나랑 걷는 논둑길. 하나가 물어 온 테니스공. 겨울 노을. 하나. 또 하나……. 시간이 갈수록 나의 세계는 나와 하나만 있는 세계로 변모해 갔다.

두 달 뒤에는 이 고장을 떠나야 하는데도 애틋한 이별의 마음은커녕 도쿄를 향한 기대 비슷한 감정도 싹틀 기미조차 보이지 않아 놀라웠다. 지방 사람이 상경하는 이야기에는 대개 시골에 품은 콤플렉스나 증오가 등장하지만 나는 딱히 그렇지 않았고, 사이좋은 친구도 몇 명 있었다. 18년을 살아 온 고향과 도쿄를 비교하려 해 봐도 애초에 도쿄라는 장소를 해상도가 높은 이미지로 상상하기 어려웠다. 나에게 도쿄는 끽해야 드라마나 메자마시TV(일본의 아침 정보 방송—옮긴이) 속에만 존재하는 세계로서, 자신이 돌아오는 봄부터 그곳에서 생활하며 어쩌면 그 뒤 도쿄에 있는 회사에 취직하고 혹 전근하더라도 대체로는 도쿄 안에서 생활하게 되리라는 사실이 전혀 실감 나지 않았다. 그래서 고향을 떠나는 것이나 도쿄에서 새로운 생활을 시작하는 것에 그다지 특별한 감상이 없었다.

"하나야. 도쿄는 어떤 곳일까?"

하나는 사람 말을 모르고 도쿄에 대해서는 더군다나 모를 테니 무어라 묻든 언젠가처럼 내 얼굴을 흘긋 보고는 활기찬 발걸음으로 두렁길을 나아갈 뿐이었다. 최근 하나는 눈에 띄게 야위었다. 원래도 호리호리한 강아지였지만 요즘 들어서는 갈비뼈가 은근히 도드라질 정도로 말랐다. 요네자와 씨는 하나를 제대로 돌보고 있나?

"걱정도 팔자네, 팔자여. 이런다고 금세 안 죽어."

그날 하나를 집에 데려다주다 마침 현관 앞에서 요네자와 씨와 마주쳤는데, 내가 빙 돌려 묻는 말에 요네자와 씨는 그리 대답하고 깔깔 웃었다. 개를 제대로 돌보지 않았다는 죄책감은 물론이고 애초에 내게 책망을 듣고 있다는 자각조차 없는 듯했다. "어이구, 산책 다녀오니까 좋아?" 요네자와 씨는 사랑 넘치는 손길로 하나를 벅벅 쓰다듬었고 하나 또한 기분 좋게 받아들였다. 친밀한 그들 사이에서 마치나 홀로 소외당한 듯한 감각과 더불어 어째서인지 나는 언니의 합격 발표날을 떠올렸다.

***

"점심에 피자 먹으러 갈래?" 그날 아침 엄마가 갑자기 말을 꺼냈다. 화요일이지만 자율 등교 중이라 나는 학교에 가지 않아도 되었고 미카나 지히로가 놀아 줄 리도 없을뿐더러 엄마 왈 "우회로 옆에 생긴 피자 가게에 세계 1위 피자를 만든 사람이 있대!", "주말은 워낙 붐벼서 들어가기 힘들다나 봐."라기에, 굳이 거절할 이유도 없고 달리 우선시할 일정도 없는 나는 적당히 차려입고 자동차 조수석에 올랐다.

주차장이 넓고 내부도 널찍하니 자리가 많은 가게였다. 개점 직후에 들어온 우리는 바로 빈자리에 앉았지만, 커다란 창문 덕에 눈부시게 밝은 가게 안은 평일인데도 금세 꽉 찼다. 엄마는 마르게리타, 나는 비스마르크 피자를 주문했다.

"언니가 건강해 보여서 한시름 놓았어. 도심에서 혼자 자취하니까 처음에는 걱정돼서 일이 손에 안 잡혔는데."

점원이 유리병에서 따라 준 아이스티를 한 모금 마시고 엄마는 언제나처럼 온화한 어조로 말한다. 가족에게 늘 다정한 사람이었다. 증권회사에서 바삐 일하느라 집을 비우기 일쑤인 아빠의 도움 없이 두 딸을 돌보고 키워냈다. 작년 가을에 내가 추천 입학에 지원하기로 했을 때나 그 뒤 합격이 확정되었을 때도 엄마는 당신 일처럼 기뻐했다. 언니 때와 다르게 그날 엄마는 울지 않았지만, 내게 쏟는 애정이 부족해서라기보다는 그냥 내가 언니만큼 고생하지 않고 진로를 정한 데다 결과를 보고하면서도 "학교에 합격 연락 왔대."라고 담담히 말했기 때문이리라.

"얘. 합격 축하로 혹시 뭐 갖고 싶은 거나, 어디 가고 싶은 데는 없니? 너무 비싸면 조금 어렵지만서도."

"주문하신 마르게리타 나왔습니다."

엄마가 조심스레 말을 꺼내는 것과 거의 동시에 점원이 가져온 피자를 내려놓았고 목제 식탁과 흰 도기 재질 접시가 부딪치며 무정한 덜그럭 소리를 냈다. "먼저 드세요, 식기 전에." 나의 권유에 엄마는 "뜨겁겠다. 들고 먹을 수 있으려나?" 하며 조심조심 손을 내밀어 보다 이내 포크와 나이프를 양손에 쥐고 묵묵히 피자를 입으로 옮겼다. 잠시 후 비스마르크가 나와서 나도 포크, 나이프를 들었다. 마주 앉은 모녀의 식사 자리는 엄마가 바란 대로 오순도순 즐겁게 이어지지 못하고, 새하얗게 밝은 겨울 햇살이 내리쬐는 아래 고요하고도 어색한 식탁만이 환히 비추어졌다.

방금 대답을 피한 엄마의 저 질문은 내게 가장 거북한 문제 가운데 하나였다. 최근에 갑자기 그리 바뀐 것이 아니라 아주 예전부터 그랬다. 생일이나 크리스마스에 그런 질문을 받을 때마다 내 머리는 회전을 멈추고 얼굴이 뜨겁게 달아오르는 듯한 감각에 휩싸였다. 상대가 무언가를 무상으로 내어 주는 데 대한 죄악감. 그것을 뻔뻔히도 받아 드는 데 대한 죄악감. 그로 인하여 선물을 받아도 순수하게 기뻐하지 못하는 데 대한 죄악감. 겹겹이 쌓인 이중 삼중의 죄악감이 예의 질문에 뒤따를 것을 일찌감치 예감하고는, 오늘 했듯이 일련의 행위에서 최대한 거리를 둔다. 딸의 마음속 방어기제를 아는지 모르는지 그날 엄마는 그 이상 축하 이야기를 꺼내지 않았고, 나는 왼손 엄지와 검지 사이에 눈으로 보기 힘들 만큼 미세하게 남은 밀가루의 가슬가슬한 감촉을 느끼면서 엄마가 운전하는 차에서 창밖으로 흘러가는 경치를 말없이 바라보았다.

'오늘도 시시한 하루였습니다.'
그날 밤에도 평소 같은 한마디와 함께, 세계 제일치고는 맛이 그저 그랬던 피자 사진을 블로그에 올렸다.

***

언니는 변함없이 제 방에 틀어박혀 있다가 숨을 돌릴 셈인지 가끔 거실로 내려와 코타츠에 앉아서 두꺼운 전공책을 들여다보았다. "의학부가 그렇게 바빠?" 물으니 "바쁘긴 작년이 더 바빴는데, 내년은 더할 거래."라고 했다. 돌이켜 보면 언니는 저러다 몸을 상할까 걱정될 만큼 매사에 성실했다. 공부는 물론이고 동아리나 학생회 활동에도 최선을 다했다. 언니의 우수한 능력을 뒷받침한 요소에 타고난 머리뿐만 아니라 막대한 노력도 포함되었다면, 나는 언니에게 열등감을 느끼기에 앞서 우선은 언니만큼 노력하자고 마음을 먹어야 했을지도 모른다.

언니가 집에 있어서인지 하나와 산책 다니는 날이 늘었다. 이 귀여운 강아지와 함께할 날도 앞으로 얼마 남지 않았다. 나는 틈만 나면 다운재킷에 팔을 꿰고 요네자와 씨 댁으로 갔다. 하나는 나를 볼 때마다 사슬을 절렁절렁 울리며 꼬리를 휘휘 쳤다.

내가 떠나고 나면 누가 하나를 산책시킬까? 하나는 여전히 말랐고 요즘 들어 더더욱 왜소해지지 않았나 싶다. 요네자와 씨에게 사정을 설명하고 잠시나마 데려올 생각도 해 봤지만, 우리 집은 동물 금지인 데다 개를 대신 맡아 줄 친척이나 지인도 마땅히 떠오르지 않는다. 다른 무엇보다도 나 자신이 두 달 뒤에는 이 지역을 떠난다. 이처럼 무책임한 상황인데 하나의 거취에 참견할 수는 없는 노릇이었다.

게다가 요네자와 씨는 하나를 진심으로 사랑한다. 단지 그 애정은 일그러진 형태로 표현되고 있다.

"뭐? 그거 학대 아니야?"

"학대라니……."

언니가 입에 올린 단어가 험악하기 그지없어 나는 말문이 막혔다. 하나 문제를 어떻게 하면 좋을지 고민하던 나는 급기야 온 가족이 식탁에 둘러앉은 저녁 식사 시간에 하나와 요네자와 씨 이야기를 꺼내 들었다. 사실 언니 말대로 키우는 개에게 먹이를 배불리 먹이지 않고 산책도 시키지 않으며 외부에 도움을 요청하지도 않은 채 근심 걱정도 없이 하나를 키운다는 점에서는 괴롭힘이나 다름없으니, 학대라는 표현이 어울릴지도 모른다.

"그래도 요네자와 씨는 정말로 하나를 예뻐해. 산책을 거르는 건 다리가 아파서라고 하시고. 잘은 모르지만 밥이 부족한 건 어쩌면 경제적으로 힘드셔서 그럴지도……."

입으로는 요네자와 씨를 편드는 나였으나 가슴속에는 언니와 똑같은 생각을 품고 있었다. "무슨 좋은 방법 없을까?" 나는 엄마, 아빠를 바라보았다. 부모님은 나란히 어두운 표정을 지었고 아빠가 이야기를 꺼냈다. "사실 요네자와 씨는 전부터 그런 말이 있었어." 알고 보니 요네자와 씨는 예전에도 노견을 키웠는데, 그 개는 제대로 돌보지 못해서인지 혹은 나이가 들어서인지 몰라도 여하간 수년 전에 세상을 떴다고 한다. 그때도 하나와 비슷하게 키웠으므로 근처 주민이 시청 및 보건소에 "산책을 도무지 하지 않는 듯하다.", "먹이를 충분히 주지 않는 것 같다."라고 상담했지만, 요네자와 씨 본인이 "내 개는 내가 책임지고 돌본다네!"라며 막무가내라 시청 사람도 더 이상 세게 나갈 방법은 없었다는 모양이다.

만일 하나마저 그 개처럼 되면 어쩌지? 안절부절못하던 나는 다음 날 요네자와 씨를 찾아갔다. "나도 갈래. 하나도 보고 싶고."라고 언니가 끼어들어 나는 마지못해 받아들이고 둘이 함께 집을 나섰다.

"나 원, 괜찮대도 그러네. 외려 요즘 세상에는 개도 비만이 문제라니까, 이렇게 살짝 날씬한 편이 건강하니 딱 좋아."

요네자와 씨는 그날도 평소와 다름없이 내 말을 웃어넘겼다. 그러나 여느 때라면 그쯤에서 물러났을 나도 오늘은 달랐다. 이제 남은 시간이 얼마 없다.

"……산책은 어떻게 하실 거예요? 지금은 제가 도와드리고 있지만 4월부터는 못 하니까요. 하나가 산책을 얼마나 좋아하는지 아시죠? 알면서 계속 사슬에 매어 놓으시게요?"

그러자 요네자와 씨의 태도가 급변했다. 전에 본 적 없는 색으로 얼굴을 시뻘겋게 물들이더니만 주먹을 움켜쥐고 부들부들 떨었다.

"너 이 꼬맹이, 오냐오냐해 줬더니 머리끝까지 기어오르는구먼? 뚫린 입이라고 못 하는 말이 없어. 자꾸 우리 개가 어떻다고 조잘대느니 잘난 네가 아주 데려가 키우든가! 아무튼 너 같은 애한테는 두 번 다시 우리 강아지 산책은 못 맡긴다. 다시는 오지 마라!"

지팡이를 거칠게 휘두르며 하는 소리에 나는 대답이 궁하다. 요네자와 씨의 애정과 마찬가지로, 아니, 어쩌면 그 이상으로 하나에게 쏟는 나의 사랑도 비틀렸는지 모른다. 하나를 직접 맡아서 돌볼 각오도 없으면서 단지 귀엽고 안쓰럽다는 이유만으로 남에게 책임을 떠넘기고 있다. 그 사실을 나 스스로 명확히 자각하고도 있다.

"요시미. 이제 어떻게 할래?"

아무것도 못 하고 터벅터벅 돌아오는 길에 언니가 그렇게 물었다.

"……모르겠어. 뭘 하고 싶은지, 뭘 해야 좋을지, 하나도 모르겠어."

하나가 건강했으면 좋겠다. 하지만 내 소망을 올바르게 이룰 수단이 있기는 한지 모르겠다. 대책도 없으면서 아무에게나 무책임한 요구를 들이댈 수도 없는 노릇이었다. 언니도 더는 말을 잇지 않았고 우리는 조용히 집으로 돌아왔다.

엄마와 언니, 그리고 하나. 이윽고 떠나갈 고향 거리에 나는 영 내키지 않는 숙제를 몇 개나 남겨두었지만 해결에 이르는 실마리는 아직 보이지 않았다.

***

'갑자기 실례합니다. 뒷북이지만 여기 랄바 디 나폴리 맞죠? 저도 어제 다녀왔는데 맛있었어요! 동네 주민 씀.'

그런 댓글이 예고도 없이 블로그에 달린 것을 나는 다음 날 아침에 알았다. '랄바 디 나폴리'는 전에 엄마와 다녀온 피자집 이름이고 문제의 댓글이 달린 포스트에는 그 가게에서 먹은 피자 사진이 올라가 있었는데 나는 놀랐다기보다도 어쩨 께름칙했다. 친구에게도 블로그가 있다고 말한 적이 없다. 만약 이 주변을 아는 사람이 사진을 본다면야 어딘지 알아볼 수는 있겠지만, 글은 줄곧 '오늘도 시시한 하루였습니다.'라는 한 줄만 써 올렸으니 설령 피자집 이름으로 검색한들 이 블로그가 결과에 걸릴 리도 없었다. 댓글을 남긴 'saki'라는 사람은 도대체 어떻게 여기까지 찾아 들어왔는가? 새벽 2시에 남긴 그의 댓글에 나는 답글을 달지 못했고 한동안 블로그에 새 글을 올리지도 않았다. 이를 눈치챈 듯 'saki' 또한 다른 댓글을 다는 일 없이 일시적 교착 상태가 이루어졌다.

그러나 며칠 뒤 범인은 예상치 못한 방식으로 밝혀졌다.

"옆에 앉아도 돼?"

2월 중순도 지나 다른 수험생들은 국립대 전기 시험(일본 국립대학 입시 일정은 전기前期와 후기後期로 나뉜다-옮긴이)을 앞둔 무렵. 지정교 추천으로 진로를 정한 학생들만 3학년 1반 교실에 모아 놓고 입시 체험기 작성 등 각종 절차를 진행하는 설명회가 시작되기 직전이었다. 우에다가 내게 말을 걸었다.

"……그러든가." 나는 제법 쌀쌀맞게 답한다. 같은 반일 때도 우에다와는 그다지 엮이지 않았다. 이유를 들자면, 그가 이른바 오타쿠 여자아이들 그룹에 끼어 교실 구석에서 이상한 만화를 돌려보며 깍깍거릴 때 '쟤랑은 친해질 수 없겠다.'라고 반사적으로 생각했기 때문이다. 동인녀라는 사람들을 혐오하거나 멸시해서가 아니라 단지 나에게 그런 취미가 없을 뿐이었다. 우에다는 무슨 운동을 하는 것 같지도 않은데 피부가 까무잡잡한 아이로, 요즘 들어 머리모양을 바꾼 듯 갈래머리를 수수한 감색 고무줄로 묶기 시작했지만 애석하게도 얼굴형에 별로 어울리지 않았다.

한 시간가량 걸려 설명회가 끝나고 추천 입학생 열대여섯 명은 점심 시간 전에 풀려났다. 혹시 미카나 지히로가 함께라면 점심을 같이 먹을 텐데 그 둘은 어김없이 역 앞 학원에 있을 시간이다. 엄마한테 "점심은 집에 와서 먹을 수도 있고, 아닐 수도 있고."라 말하고 나왔으니 순순히 집으로 돌아가 대충 볶음우동이나 만들어 달랠까, 생각하면서 나는 프린트물과 필통을 푸마(PUMA)의 에나멜 백에 후다닥 쓸어 넣었다. 우에다는 무슨 속셈인지 그런 나를 빤히 바라보았다. 이를테면 말 붙일 기회를 노리고 있는 사람 같다. 하지만 나는 그런 기색을 눈치채고서도 철수 준비를 멈추지 않았고 교무실에 들러 서류 한 장을 제출하고는 자전거 보관대로 걸음을 옮겼다.

"이, 있잖아, 요시미! 요전에, 갑자기 댓글 달아서 미안해."

알게 모르게 예감하고 있었던 말을 우에다는 자전거 보관대 앞에서 더듬더듬 털어놓았다. 설명회 도중에 이 아이 이름이 분명 우에다 '사키'였다고 기억나기도 했고, 앞서 'saki'의 블로그를 찾아갔더니 동인녀 사이에 인기가 있다는 만화의 드림 소설(정식 창작물에 개인이 상상의 인물을 더하여 쓴 동인 소설-옮긴이)이 있기에 '설마?' 싶어 경계하던 차였다.

"······어떻게 알았어?" 우선은 그렇게만 물었다. 먼저 꺼림칙한 댓글 사건의 전말을 밝히지 않고는 우에다와 말도 섞지 않을 작정이었다.

"정말 미안해! 우리가 직접 메일 주소를 주고받진 않았지만, 친구가 주소를 바꿨다고 전체 메일을 보냈을 때 요시미 이름이 있길래 그만 심심풀이 삼아 그걸로 이것저것 검색했더니 나와서······."

숨이 넘어갈락 말락 연신 끅끅거리며 요령도 무엇도 없이 주절주절 늘어놓은 이야기를 요약하자면, 우에다는 부당한 방법으로 내 메일 주소를 손에 넣고 골뱅이 기호 앞의 문자열로 검색해서 내 블로그에 이르렀다는 말이다. 하기는 초기 설정에 손대지 않은 채 아무 이름이나 지어서 쓰고 있었으니까 블로그 제목은 우에다가 검색한 이름대로였을 수도 있겠다.

"왜 그렇게 음침한 짓을 했는데?" 이번에는 꽤 감정이 실린 목소리로 물었다. 정말이지 기분 나빴다. 별로 가깝지도 않은 동급생이 내 메일 주소를 멋대로 훔쳐보고 주소록에 고이 저장한 것으로도 모자라 온라인 스토킹에 가까운 짓을 시도한 것이다. 우에다는 그제야 제 처지를 파악한 듯 얼굴에 핏기가 싹 가셨다. 그러면 설마하니 내가 "애써 찾아와 줘서 고마워! 이것도 인연인데 우리 친구 하자!"라고 말하기라도 할 줄 알았나?

"······미안해, 난 그렇게 화낼 거라고는 생각 못 했어."

"화나지는 않았어. 조금만 뒤져 보면 금세 나오게끔 무방비한 상태로 방치한 내 실수이기도 하니까. 하지만 그렇다 해서 '난 네가 누군지 알지.' 같은 댓글을 달고 그걸 즐거워하며 얘기하러 오면 불쾌하지 않겠어? 나는 그 얘길 하는 거야, 지금."

예상대로 우에다는 그런 말까지 듣고야 간신히 본인의 행동에 내가 느끼는 문제의식을 이해한 모양이었다.

"아니······. 난 너무 반가워서 그랬지. 이딴 깡촌에 갇혀서 허덕이는 사람은 나밖에 없는 줄 알았는데, 드디어 같은 고통을 공유할 친구를 발견했다고! 요시미는 안 그래? 네 블로그에 맨 처음 올린 글까지 전부 읽어 봤어. 구린 일상밖에 볼 것 없는 이 동네나 숨 막히는 집구석을 싫어하잖아?"

집이라는 단어가 들린 순간 나는 이상한 스위치를 눌린 양 "아니야!"라 외치고 있었다. 우에다가 입을 꾹 다문 틈에 나는 두어 번 심호흡하며 어떻게든 북받친 감정을 다스렸다.

"우에다가 무슨 생각인지는 모르지만, 나는 이쪽에 친구도 있고 즐겁게 잘 지내고 있어. 가족하고도 사이좋아. 우리 엄마도, 언니도……."

"적어도, 다른 건 몰라도 언니한테 콤플렉스는 있을 텐데? 다 알아, 요시미. 너 처음에는 나고야대 의학부로 갈 거라더니, 그다음에는 와세다 지망으로 낮췄다가 마지막엔 메이지까지 떨어져 버렸잖아? 안 봐도 뻔해, 언니한테 열등감이 부글부글 끓겠지. 너희 엄마도 언니만 대놓고 편애하셨을걸? 그럼 나랑 똑같잖아! 무엇 때문에 부정적인 감정을 느끼는지는 달라도, 너나 나나 가진 마음 자체는 다를 거 없잖아! 그런 주제에 왜 너만 그딴 식으로 '난 너 같은 애랑 달라.' 하는 소리를 뻔뻔히 하고 그래?"

짧은 침묵에서 벗어난 우에다는 방금 한 말이 나의 정곡을 단단히 찔렀다고 확신했는지, 여유로운 표정으로 히죽대며 나를 몰아붙이듯 잇따라 말을 쏟아내었다.

"일껏 봄부터 같은 대학이잖아. 어? 친하게 좀 지내보자고. 이따위

깡촌은 내다 버리고 나랑 같이 도쿄를 즐기자. 우린 좋은 친구가 될 거고 분명 도쿄에서 새로운 인생을 시작할 수 있을 거야!"

이제 한계였다. 나의 본심이 낱낱이 까발려져 마음이 한계치까지 괴로워졌다는 뜻은 아니다. 나라는 인간, 나라는 하나의 세계를 쉴 새 없이 제멋대로 재단하려는 꼴을 더 이상 견딜 수 없었다.

"나는 우에다 쟤 별로야. 나만 그런 것도 아닐걸. 사람 대할 때 거리감을 영 못 잡는다고 할지, 자기만의 세계? 그런 걸 남한테도 마구 들이댄다고 할지……."

일전에 지히로가 한 말을 나는 그때 떠올렸다. 우에다는 자신 안에 이미 존재하는 간단명료한 스토리에 세상만사를 억지로 끼워 맞춰서 조잡하게 받아들이는 타입의 인간이다.

"아니야." 우에다는 벌써 다 이긴 판이라는 얼굴로 의기양양하지만 그래도 나는 어렵사리 말을 쥐어 짜낸다.

"난 너처럼 단순한 세계에 살지 않아."

우리는 영원히, 그리고 절대로 상대를 이해할 수 없다. 실제로 우에다는 내 말을 듣고 멍한 표정으로 또 무어라 말해야 나를 굴복시킬 수 있을지 갈피를 잡지 못했다. 참으로 그에게 어울리는 반응이 아닌가. 우에다는 세상에 적 아니면 아군밖에 없고, 적은 약삭빠른 머리로 논파하면 그만이라고 믿는다. 하지만 틀렸다. 물론 나의 세계에는 당연하게도 좋아하는 사람과 싫어하는 사람이 있다. 그러나 세계가 그토록 단순명쾌한 존재일 필요는 없지 않을까? 애매모호하거나 모순이 남은 채로도 괜찮지 않을까?

"미안한데, 나 네가 싫어. 그러니까 이제 얘기는 그만하자. 친구도 안 할 거야."

지난 기억에 없을 만큼 직설적으로 말해 놓고 나도 놀랐다. 그러나 몸속 깊은 곳에서 지금껏 말하고 싶어도 하지 못했던 본심이 고삐가 풀린 양 솟구쳐 마치 홍수처럼 넘쳐흘렀다.

"네 말대로 나는 확실히 언니한테 열등감이 있어. 내가 아무리 노력해 봤자 영영 언니처럼 될 수 없다는 현실도 어렴풋이 깨달았고. 하지만 언니랑 나 사이에는 이기고 지는 싸움만 있지 않거든. 엄마하고도 그렇지. 행복한 추억도 얼마든지 있는걸. 사랑하지만 미워하고, 미워하면서도 좋아해. 그러면 안 돼?"

이제는 우에다가 침묵할 차례였다. 아직도 포기하지 않은 듯 가까스로 침묵을 깨고 "그렇지만 나는, 가족들이랑 잘 못 지내서……."라고 들릴 듯 말 듯 속삭였으나 나는 그 아이의 입을 막듯이 말을 잇는다.

"혹시 나에게 있는 걸 우에다는 가지지 못했다면, 너도 안됐다. 하지만 그건 우에다의 세계지. 네 세계로 내 세계를 판단하지 마."

거기까지 말했는데 왠지 모르게 눈물이 날 것 같아서 나는 입술을 감쳐문 우에다를 남겨두고 자전거에 올라 내달렸다. 차갑게 얼어붙어 숨을 들이마시기도 벅찬 응달을 벗어나 양지로 달려 나왔다.

"요시미한테는 요시미만의 장점이 잔뜩 있으니까."

머릿속에서 엄마가 한 말이 윙윙 울렸다. 우에다와 나눈 이야기가 결단코 유쾌하지는 않았지만, 그 덕에 나는 나만의 세계를 희미하게 감싸는 윤곽을 똑똑히 발견할 수 있었다. 열여덟 해 동안 나를 키워준 집과 고향을 떠나기까지 앞으로 한 달 남짓. 나는 그때까지 오롯한 내 세계 속에서 해답을 찾아내고야 말겠다고 펄떡펄떡 뛰는 심장의 움직임에 이끌리듯 결심했다.

***

"또야? 또 무슨 불만이 있으셔서? 헛수고도 헛수고인데 아주 지긋지긋하구나. 바쁜 사람 붙잡지 말고 썩 돌아가!"

그길로 학교에서 자전거를 타고 달려온 나에게 요네자와 씨는 지난번의 강경한 태도를 누그러트리기는커녕 한층 더 날을 세웠다. 하지만 오늘의 나는 그때의 내가 아니다.

"……요네자와 씨. 무책임한 이야기인 줄은 알지만요. 하나를 더 귀하게 대하고 아껴주세요. 만약에 할머니가 하나를 제대로 돌보기 힘드시면, 보호 단체에 도와달라고 부탁하든가 다른 방법도 생각해 보시는 게 어떨까요? 이대로는 하나가 너무 불쌍하잖아요. 더는 두고 보기 힘들어요."

자전거에서 내려 스탠드를 조용히 발로 밀어 세우며 나는 가능한 한 감정을 절제한 어조로 말했다. 내 상태가 평소답지 않은데도 하나는 늘

그러듯 태평하게 손을 핥아대었다. 갈비뼈는 여전히 안쓰러우리만치 도드라진다. 격분한 요네자와 씨가 사방에 침을 튀기며 버럭버럭 악을 썼다.

"너도 책임지지 못할 말인 건 아는구나. 누가 아니래? 무책임한 꼬맹이 같으니라고! 도대체가 네 주제에 나한테 뭐랄 자격이……."

"없지요. 하지만 말할 거예요. 저 이젠 그만두기로 했거든요. 제 안의 모순이며 남들의 시선에 지레 겁먹고 할 말을 삼키던 나날은 이제 끝이에요. 그러니까 말할 거예요, 하나를 이보다 더 불쌍하게 키울 거라면 차라리 다른 사람한테 맡기란 말이에요!"

나의 반론이 끝나기 무섭게 요네자와 씨가 지팡이를 냅다 집어 던지고 자유로워진 두 손으로 내 어깨를 움켜쥐려 달려들었다. 그러나 나는 요네자와 씨의 손을 재빨리 피하고 벽에서 번득 눈에 들어온 산책용 줄을 낚아채어 능숙한 손놀림으로 하나의 목걸이에 연결했다. 그러고는 사슬에서 풀려난 하나와 함께 뛰쳐나갔다. 대체 어찌 된 일인지 요네자와 씨는 방금까지 짚고 있던 지팡이를 다시 들지도 않고 엄청난 속도로 달려왔다. 이제껏 내 앞에서 보란 듯이 지팡이를 짚거나 보행 카트를 밀고 다니던 모습은 설마 나에게 개 산책을 떠맡기려는 연기였던가? 하여간 요네자와 씨는 육상부 단거리 선수가 된 양 두 팔을 획획 흔들며 뒤쫓아왔고 나와 하나는 젖 먹던 힘까지 쥐어짜 도망쳤다.

그런데 기이하게도 후련했다. 하나는 추격전을 재미난 술래잡기

놀이로 여길 터였고, 나는 숨을 힘차게 내뿜은 폐에 시리고도 깨끗한 겨울 공기를 가득 채울 때마다 어쩐지 조금씩 새로운 나 자신으로 바뀌는 듯한 감각을 맛보았다. 나는 지금 엉망진창 내 마음 가는 대로 달리고 있다! 상대의 얼굴빛을 흘금거리지 않고, 핑계가 그럴싸한지 따지지도 않고, 오로지 나의 순수한 바람이 이루어지기만을 말 그대로 무책임하게 바라며 달리고 있다.

엄마. 합격 축하로 뭘 받을지 정했어. 하나가 행복하게 살 수 있도록, 우리 집에서 임시 보호를 하든 누구 도와 줄 사람을 찾든 손을 써 줘. 나도 할 수 있는 데까지 힘을 보탤게.

언니. 여전히 언니를 마주할 때면 나는 도무지 멈출 도리 없이 비참한 마음이 들고는 해. 그래도, 그렇더라도 언니가 좋아. 동생의 어리광을 받아 주라. 언제까지나 좋아할 테니까.

"염병할!" 발부리가 어디에 걸리기라도 했는지 걸쭉한 고함을 지르며 휘청거리던 요네자와 씨가 이내 넘어졌다. 원래는 튼튼한 분일 테니 뼈 같은 데도 멀쩡하겠거니 싶다. 나와 하나는 아직 더 멀리까지 달릴 수 있다. 나는 달리면서 얼굴을 찡그리고 가운뎃손가락을 치켜들어 피처폰 카메라로 셀카를 찍는다. 이 손가락은 따분한 시골 생활이나 내 마음도 몰라주는 가족에게 보내는 것이 아니다. 나에게,

이날 이때까지의 나 자신에게 보내는 것이다. 의미는 나만 알고 있으면 된다.

'오늘도 시시한 하루였습니다.'

그날도 나는 흥분이 가시지 않은 채로 블로그에 새 글을 올렸다. 저 사진을 함께 실었다. 보고 싶으면 보라지. 나를 자기들 기준으로 판단하고 오해할 테면 해 보라지. 뒤죽박죽된 나의 세계는 뒤죽박죽인 채로 안고 가겠다. 이것은 선전포고다. 세상을 향해 펼친 일기장에, 온 세상에 나는 중지를 세웠다.

***

갑자기 DM 드려 죄송합니다.

올리신 사진과 글을 보고 깜짝 놀랐어요. 믿지 못하실지도 모르겠지만, 사진 속 교복 여자애는 접니다.

인터넷에 밝지 않은지라 저 사진이 10년도 더 지난 지금까지 온라인상에 떠돌고 있는지는 몰랐네요. (멋대로 퍼트린 사람이 누구일지는 짐작이 갑니다만…….)

어쨌든 하나가 건강히 살아 있다기에 무척이나 기뻤습니다.

저희 어머니가 유기견 보호 단체에 맡긴 것까지는 들어서 알고 있는데, 그 후 연락이 끊기는 바람에요……. 줄곧 마음에 걸렸습니다.

혹시 실례가 아니라면 쓰다듬으러 가도 될까요? 하나가 절 기억하려나요?

2023년 8월 4일 13:17

"하나야."

하타가야(도쿄 시부야구 지역명—옮긴이)에 있는 저층 아파트. 해 질 녘, 서향으로 창이 크게 난 방. 하나는 비슬비슬한 발걸음으로 요시미 씨에게 가까이 다가가더니 그가 조심스럽게 내민 오른손을 할짝할짝 핥았다. 요시미 씨는 흔히 눈물바다를 노리고 찍은 동물 동영상에서 그러듯 하나의 이름을 부르짖으며 주저앉아 통곡하지는 않았고, 하나역시도 나이를 잊은 양 뛰어오르는 일은 없이, 한 명과 한 마리는 선명한 주황빛이 눈을 찌르듯 내리비치는 방에서 얼굴이며 몸 곳곳에 조각조각 뚜렷한 모양으로 새겨진 그림자에 감싸여 가만히 서로를 바라보다가 가끔 몸을 맞대었다.

"다시 생각하니 정말이지 어린 날의 혈기였네요. 그런 블로그를 쓰다니. 대학에 가고 몇 년이 지났던가, 심심해서 유머 사이트에 들어갔다가 그 사진을 발견하고 소름이 쫙 돋았어요. 어느 학교 교복인지는 진작 밝혀졌지만, 그나마 얼굴이 찍히지 않은 덕에 아직 제 이름이 오르내리지는 않으니 다행이지 뭐예요."

식탁에 앉아 내가 대접한 콜드 브루 커피를 마시며 요시미 씨가 쓰게 웃는다. 하나는 평상시 내 발치에서 하는 것처럼 요시미 씨의 발치에 배를 깔고 엎드려 잔다. 격렬했다고는 할 수 없는 재회의 인사도 노견에게는 큰일을 치른 격이었나 보다. 그것을 눈치챘는지 요시미 씨는 앉은 자리에서 힘겹게 몸을 수그려 "피곤했구나. 미안해."라고 말하며 하나를 다정히 다독였다.

그 뒤로 나는 요시미 씨와 하나의 이야기를 들었다. 고향 이야기. 언니분과 어머님. 우에다 씨와 요네자와 할머니 이야기. 블로그를 쓰던 것. 거기에 요즘 근황까지 들었다. 대학 입학을 계기로 도쿄에 온 요시미 씨는 그대로 이쪽에서 취직했고 지금도 이다바시(도쿄 지요다구 지역명−옮긴이)의 통신 관련 회사에 근무하고 있단다. 하나는 우리 집에 오기 전에 유기견 보호 활동 단체를 몇 군데 거쳤는데, 이 아이의 과거에 존재하던 공백이 요시미 씨 덕분에 한 조각 채워졌다. 그 사람이 이처럼 내 눈앞에서 하나를 사랑스러운 손길로 어루만지고 있다……. 하나는 인간의 언어를 말하지 못하고 나에게 하나의 기분을 추측할 능력은 없지만 지금 하나는 실로 대단히 행복하지 않을까?

"저는 모르죠. 하나는 진작 저 같은 건 잊어버렸을 수도 있고, 어쩌면 자기를 내내 만나러 오지 않았던 저를 내심 원망하고 있을지도요. 그래도 상관없어요. 모르는 건 모르는 대로 두어도 괜찮다고, 여전히 그렇게 믿거든요."

요시미 씨는 속내를 읽기 힘든 표정으로 문득 중얼거렸다. 말투에는 어딘지 모르게 외로움도 묻어 있었다.

"……요시미 씨가 찾아오셔서 하나는 행복할 거예요. 그냥 저 혼자 그러길 바라는 건지 몰라도, 왠지 모르게 그런 생각이 들어요."

부드러운 말투로 솔직하게 전하니 요시미 씨는 "그러게요. 그러면 좋겠네요."라며 웃어 보였다.

요시미 씨는 한 시간쯤 있다가 "괜찮으시다면 또 놀러 오겠습니다."라는 말을 남기고 돌아갔다. 그리하여 방에는 다시금 나와 하나의 시간이 돌아왔다. 하나는 아직도 요시미 씨가 앉았던 식탁 의자 밑에 엎드린 채 나지막한 숨소리를 내면서 잠들어 있다. 하나의 과거를 알았다고는 해도 하나와 이야기를 나눌 길이 열리지는 않는다. 만약에 하나가 어느 날 갑자기 말문이 트인들 그 입에서 나오는 말이 본심일지 아닌지 구별할 솜씨가 내게 없을지도 모른다. 사실상 요시미 씨가 어떠한 마음으로 하나를 쓰다듬었는지, 정말로 다시 하나를 보러 올 마음이 있는지 나는 끝까지 알 수 없었다.

당시 쓰던 블로그는 전부 삭제했다지만 한번 유행한 인터넷 밈이 사라질 리 없으므로, 예의 사진은 앞으로도 보는 이가 지닌 세계의 모양에 따라 내키는 대로 해석될 것이다. 하나를 향한 요시미 씨의 감정도 비슷할 수 있다. 그 마음에는 당연히 재회의 기쁨이 가득 담겼겠지만, 한편으로는 일종의 슬픈 예감도 섞여 있을지 모른다. 하나에게 아직 큰 병은 없으나 앞으로 몇 년이나 더 살지 장담하기는 어렵다. 사진을 찍은 시절에 비하면 반들반들 윤기가 흐르던 털은 색이 죄 바랬고 폴짝폴짝 뛰어다니던 활기도 사그라들었다. 어쩌면 요시미 씨는 추억 속의 하나를 예전 모습 그대로 간직하고 싶었을 수도 있겠다. 하지만……

"하나. 요시미 씨가 와 주서서 좋았니?"

그렇게 묻자 하나는 나른히 얼굴을 들고 나를 빤히 쳐다보았다. 나는 그 동작을 내 마음대로 "응."이라는 대답으로 해석했다. 세상에는 이해할 수 없는 일이 무수히 많기에 우리는 언제나 가슴에 불안을 안고 있다. 불안을 해소하고자 다른 누군가의 세계를 제 마음대로 단정하여 상처입히기도 한다. 하지만 넘겨짚는 버릇이 오직 불행만을 낳지는 않을 것이다. 밥시간이나 화장실 위치를 잊어버리기 시작한 하나의 머릿속에 요시미 씨와 보낸 행복한 나날의 추억이 작은 조각으로나마 틀림없이 남아 있으리라고, 나는 기도하는 마음으로 단정 짓는다. 그러니 아름다운 추억 조각이 하나의 가슴에 조금이라도 더 오래 머물 수 있도록, 이 아이를 마지막 그 순간까지 소중히 아끼고 사랑하자고 다짐한다.

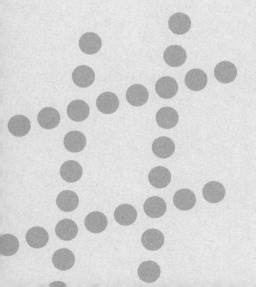

가키하라 도모야(柿原朋哉)

1994년, 일본 효고현 스모토시 출생. 리쓰메이칸대학을 중퇴하고 영상 제작회사 '주식회사 하쿠시'를 설립하는 한편, 2인조 유튜버 '파오파오 채널'의 '분케이'로도 활동했다. 2022년에 소설 《익명》으로 데뷔했다.

트위터가 X로 바뀌었다.

이러니저러니 십 년 넘게 곁에 두며 친근히 여기던 그 이름이 가차 없이 지워졌다.

앱 아이콘이 작은 새 그림에서 X라는 글자로 변한 것을 보고 너무도 무자비한 처사에 가슴이 미어졌다.

새 모양 아이콘을 유달리 좋아했다는 말은 아니다. 트위터라는 명칭에 애착이 있었다고도 하기 어렵다. 그것은 단순히 나의 스마트폰 화면에 놓인 여러 앱 가운데 하나에 지나지 않았을 터다.

그런데도 서글펐다.

내가 만약 트위터라는 이름을 짓고 작은 새 아이콘을 디자인한 인물이라면 그러한 슬픔(혹은 울분)이 샘솟는 것은 자연스러운 일이다. 하지만 나는 일개 사용자였다. 트위터를 개편한 일론 머스크에게 항의할 권리는 없다.

시커멓게 물든 '트위터' 아이콘을 힘없이 눌렀더니 타임라인에 있는 팔로워들도 까닭 없는 설움에 잠겨 있었다. 그 모습을 보고 나만 느끼는 감정이 아니었음에 안도한다.

나는 이 안심감에 수없이 구원받았다.

연재 중지가 발표되었을 때도.

연재처 이동이 정해졌을 때도.

애니메이션 제작이 결정되어 신규 팬이 대량 발생했을 때도.

타임라인에 있는 여러 팔로워와 더불어 고뇌를 나누고 공명하며 그 만화를 오래도록 사랑해 왔다. 남들보다 더 깊이 이해하고자 작품을 정독했고, 읽으면서 얻은 영감을 2차 창작 그림에 아낌없이 퍼부어 일만 팔로워 앞에 선보였다.

나에게 이곳은 결코 누구에게도 유린당해서는 안 될 성역이었다.

생기로운 풀과 나무가 아득히 먼 곳까지 한없이 우거져 자라고, 강에서는 맑은 물이 아름다운 음색을 연주하듯이 흐르며, 작은 파랑새가 어울려 지저귀던 장소······.

그 안주의 땅에 새카만 인공 구름이 드리운 것을 나는 아무래도 받아들일 수가 없다.

······이런 식으로, 보시다시피 오늘도 마음의 소리가 멈추지 않는다.

당연하지만 '마음의 소리'라고 쓰고 모놀로그라고 읽는다. '성스러운 검'과 같이 읽는 법이 함께 쓰여 있다.

오타쿠, 그것도 무려 '고대(일본어로는 '이니시에古'로, 작품 제목인 '이니

시에이션스Initiations'와 발음을 이용한 말장난–옮긴이)의 오타쿠'인 나는 머릿속에서 자체 모놀로그를 진행한다. 만화, 애니메이션, 라이트노벨 주인공이 숨 쉬듯 자연스럽게 하는 그 행동을 나도 체험하고 싶은 마음에서다. 때로는 감정적으로, 때로는 관용적으로. 마치 내가 주인공인 양 말이다.

—새카만 인공 구름이 드리운 것을 나는 아무래도 받아들일 수가 없다.

이번 모놀로그는 조금 과했다.

중2병 냄새가 지독하다.

뭐, 실제로 내가 오타쿠가 된 시기는 중1 무렵이었으니까 그때부터 저런 표현을 즐겨 쓰는 편이었다는 점은 부정할 수 없다. 하지만 내 연세도 올해로 스물여섯이시다. 조금은 자중해야겠다.

"……다 씨."

멀리서 여자 목소리가 들려온다.

"하네다 씨."

누군가 나의 이름을 부르고 있다.

"하네다 씨."

나만의 세계에 깊이 빠져 있었던 것을 깨닫고 의식이 현실로 되돌아왔다.

"휴식 중에 죄송하지만, 주방 복귀하시면 안 될까요?"

눈앞에 선 아가씨는 매끈매끈한 살결에 땀방울을 살짝 매달고 있었다. 함께 아르바이트하는 나리타 교코다. 눈썹 양 끝을 아래로 축 늘어트리고 애원하는 눈길로 나를 보고 있다. 어떤 광고에서 눈을 귀엽게 치뜨고 이쪽을 바라보던 치와와처럼 외면하지 못할 힘이 있었다.

"알았어요. 금방 갈게요."

그렇게 대꾸하자 여자는 표정이 밝아졌다.

"감사합니다! 만남의 광장에서 무슨 히어로 쇼를 한다더니, 좀 전부터 사람이 몰리기 시작해서요……. 정말 고마워요!"

내가 일하는 패스트푸드점은 쇼핑몰 식당가 안에 있다. 만남의 광장이라 함은 쇼핑몰 중심부의 행사장을 가리킨다. 휴일에는 히어로 캐릭터 쇼, 아이돌 무료 라이브, 거리 예술가의 공연이 떠들썩하게 펼쳐진다. 내가 경애해 마지않는 만화가 선생님의 토크쇼가 열리는 날이 온다면야 아르바이트를 무단으로 빠지고서라도 참석하겠지만, 이 매장에서 일하기 시작하고 삼 년간 그런 이벤트는 한 번도 열린 적이 없다.

중간 휴식 때만 걸치는 회색 카디건을 벗고 주방으로 돌아갔다.

"하네다 씨가 들어와 주셔서 살았어요."

갑작스럽게 붐비는 시간대를 버텨 낸 나리타 교코는 피곤이 묻어나는 한숨을 내쉬었다.

나는 모르는 새 지문이 묻은 둥근 안경알을 손수건으로 닦았다.

"그러시다니 다행이네요. 오늘 히어로 쇼는 사람이 무척 많더라고요."

"맞아요. 미야조노 료라고 젊은 신인 배우가 주인공인데 요즘 엄청나게 화제거든요."

미야조노 료. 처음 듣는 이름이었다.

한 가지 취미에 몰두하다 보면 바깥 세상일에는 어두워지게 마련이다.

"음? 하지만 캐릭터 탈을 쓴 사람이 나오는 거지, 배우 본인은 안 오잖아요?"

냉정히 묻는 나를 보고 나리타 교코는 웃었다.

"하긴 그래요. 그래도 간접적으로나마 미야조노 료의 공기를 감지하는 힘이 오타쿠에게는 있으니까요."

"아……."

나도 모르게 '저도 그런 적 있어요.'라는 말이 나오기 직전에 입을 다물었다.

내가 오타쿠라는 사실을 이 사람에게는 밝히지 않았기 때문이다.

이유는 단 하나.

나리타 교코와 나는 절대 서로를 이해할 수 없을 테니까.

매장 마감 일이 끝나고 귀갓길에 올랐다.

가게에서 집까지는 할부로 산 탄토(일본의 경차-옮긴이)를 타고 이십 분, 밟으면 십오 분이 걸린다.

시동을 걸자 보이스 드라마 CD 음원이 재생되었다. 운전하면서 《바이브루》를 섭취할 방법은 이것뿐이고, 차에서 거의 매일 듣다 보니 이제는 달달 외우는 수준에 달했다.

내가 너무도 사랑하는 《바이브루》는 《바이바이 브루투스》라는 만화 제목의 줄임말이다. 다만 공식적으로 인정한 줄임말은 아니고 팬들이 편히 부르는 이름이었다(일본어로는 '바이블Bible'도 '바이브루'라고 발음하므로 일종의 말장난이기도 하다─옮긴이).

내가 《바이브루》를 만난 것은 고등학교 시절이니 벌써 십 년 전이다.

중학생 때 심야 애니에 심취한 나는 매일 학교에서 돌아오기가 무섭게 철 지난 명작을 샅샅이 훑어보았다. 비디오 대여점의 애니메이션 칸을 끝에서 끝까지 빌렸다고 해도 좋을 만큼 무수히 많은 작품을, 고작 일 년 남짓한 시간 안에 모조리 뗐다. 새 시즌이 시작되면 모든 방송을 녹화하던 나는 나아가, 앞으로 애니메이션화가 진행될 만한 만화를 스스로 발견하자는 꿈을 품기에 이르렀다.

비디오 대여점 다음에는 발바닥에 불이 나게 서점을 들락거리며 만화잡지를 구석구석 뒤졌다. 여러 작품의 애니화 예상이 적중했다. '나는 잡지에 연재할 때부터 얼마나 좋은 작품인지 이미 알고 있었어!'라는 우월감을 느꼈다.

그렇게 고등학생이 된 나는 드디어 《바이브루》와 만나게 된다.

"어째서 나는 싸우는가?"라는 캐치프레이즈를 내건 《바이브루》의 간단한 줄거리는 다음과 같다.

모든 기억과 바꾸어 인지를 초월할 정도로 높은 IQ를 손에 넣은 주인공 브루투스.

그는 두뇌 능력을 발휘하여 세계 정복을 꾀하는 네 곳의 세력에 맞선다.

그러나 자신이 대체 무엇을 위해 싸우는지, 그는 기억하지 못한다…….

고도의 두뇌 싸움이 펼쳐지는 배틀 액션물이면서 주인공의 과거가 하나둘씩 밝혀지는 미스터리물이기도 하다. 작가인 구로이와 가쿠 선생님이 그리는 소년들은 덧없고도 아름다워 동인녀와 동인남(보이스 러브Boys love, BL 작품을 좋아하는 사람−옮긴이) 팬도 많다. 나는 동인녀는 아니지만, 《바이브루》의 세계관에 사로잡혀 원작 만화는 물론이고 굿즈와 잡지 스크랩까지 모으기 시작했다. 다달이 받는 용돈은 거의 다 《바이브루》에 바쳤다.

그 애정은 수집에서 멈추지 않아 이윽고 2차 창작 그림을 그리기에 이르렀다.

사랑이 깊었기 때문일까, 그림 솜씨는 눈 깜짝할 사이에 좋아졌다.

그리하여 지난주에는 그림러로 활동하는 트위터 계정의 팔로워수가 마침내 일만 명을 넘었다.

지난 십 년간 나는 식사, 수면, 학업, 근무 외의 시간은 전부 나의 사랑 《바이브루》에 갈아 넣었다.

연애 같은 건 당연히 한 적 없다. 그럴 여유도 없었다. 《바이브루》의 주인공 브루투스를 사랑한다. 지적이며 만사를 냉정하게 판단하면서도 때로는 따뜻한 인간성이 두드러지는 브루투스의 모습을 나는 못내 사랑하고 있다. 이런 사람이 현실에 있으면 좋겠다고, 몇 번이나 그리 생각했는지 모른다. 역시 2차원 남자가 최고다.

"네가 없으면 이 세계는 끝장이야!"

차 안에 브루투스의 목소리가 쩌렁쩌렁 울렸다.

동감. 나도 그렇게 생각해, 브루투스.

네가 없으면 이 세계는 끝장이야.

브루투스가 나에게 손을 내미는 장면을 망상하면서 차 안에서 홀로 히죽거리는 사이 터널에 접어들었다. 주변의 빛이 일제히 사라진다.

히죽대는 내 얼굴이 앞 유리창에 반사되어 눈이 마주친 순간, 대번에 무표정으로 돌아왔다.

"다녀왔니?"

집에 들어오니 거실에서 엄마 목소리가 들렸다. 무얼 먹으면서 텔레비전을 보고 있나 보다. 입이 막힌 듯 우물우물하는 소리가 났다.

오랜 시간 일하고 지친 나는 엄마에게 들릴지 어떨지도 애매한 소리로 "다녀왔어요." 하고 대답했다.

아르바이트가 끝나면 일단 목욕부터 한다.

패스트푸드점 특유의 기름 냄새가 온몸에 배었기 때문이다. 이대로 저녁을 먹기도 싫고 내 방에 들어가기도 싫었다.

목욕이 끝나면 편한 옷으로 갈아입고 엄마가 차려 준 저녁을 먹는다.

엄마, 아빠는 거실 소파에서 한잔하면서 느긋한 저녁 시간을 보내고 있었다. 술이 꽤 돈 것 같다.

"이 말린 조갯살, 꽤 맛있네."

"그렇지? 믿을 만한 연줄로 소개받았거든."

엄마가 역시 당신은 다르다며 아빠를 추어올리고 아빠는 만족스럽게 웃는다.

나는 부모님의 부부싸움을 한 번도 본 적이 없다. 갓 맺어진 연인처럼 어찌나 열렬하신지, 도리어 내가 민망해질 지경이다. 나는 묵묵히 하이라이스를 입으로 옮겼다.

"어머! 여보, 이것 봐요. 우리 지역 단체 미팅에 참가자를 받는대."

술기운에 들뜬 엄마가 텔레비전을 가리켰다. 지역 단체 미팅에는 관심이 없지만 두 분의 반응이 신경 쓰여서, 나도 곁눈질로 텔레비전을 슬쩍 보았다. 화면에는 소개팅 방송의 일반인 참가자를 모집한다는 내용이 나오고 있었다.

"그래? 그렇단 말이지……."

화면을 바라보던 부모님이 조용히 눈을 마주친 순간, 나는 기분 나쁜 예감이 들어 재빨리 하이라이스에 코를 박았다.

내 왼편으로 쏟아지는 뜨거운 시선을 피부로 느낀다.

일 났네. 또 시작이다.

입안에 아직 씹던 것이 남아 있었지만, 지금 말을 걸어도 대답하기 어렵다고 표현하듯이 밥을 한술 더 떠 넣었다.

그러나 그런 시간 벌이도 소용없이 엄마는 "얘, 미즈키?"라고 나를 불렀다.

"이것 좀 봐."

못 들은 척 고개를 돌려도 엄마는 추격에 박차를 가했다.

"여기. 응? 텔레비전 말이야."

아무리 그래도 계속 무시할 수는 없으니 나는 울며 겨자 먹기로 텔레비전에 눈길을 주었다. 화면에 어떤 내용이 나오고 있을지는 이미 알았지만.

"이번에 우리 시에서 단체 미팅을 연다네?"

이 뒤에 엄마가 뭐라고 말할지 손쉽게 그려졌다. 숨을 살짝 들이마신 엄마가 뒤이은 말을 입 밖으로 내는 순간에 맞추어, 나는 마음의 소리로 말했다.

"너도 슬슬 좋은 사람을 만나야지."

'너도 슬슬 좋은 사람을 만나야지.'

우리가 한 말이 한치도 다름없이 맞아떨어진 것을 확인하고는 역시나…… 하며 낙담한다.

"엄마 말씀이 맞아."라고 편들고 나선 아빠 목소리는 예리한 칼날이 되어 심장을 찌른다.

스물여섯 살, 미혼, 프리터(일본 신조어. 정규직을 갖지 않고 아르바이트 등으로 생활하는 사람-옮긴이), 독립 안 함, 남자 그림자도 없음.

부모님은 그런 나를 걱정하여 아무런 악의도 없이 권유한다.

알고는 있다. 지금의 내 상황이 양친에게 얼마나 큰 불안 요소인지. 당신들이 세상을 떠난 뒤, 사랑스러운 딸이 고독하게 살아갈까 염려하는 부모 마음은 부모가 된 적 없는 나라도 알았다. 지금 내가 고독하다고 생각하는가, 아니면 언젠가 고독을 느낄 날이 올 것인가 아닌가는 관계없다. 두 분은 그저 백 퍼센트 선의로 나를 돌보려고 열심이었다.

대규모 미팅에 참가할 생각일랑 눈곱만큼도 없는 나였지만, 두 분의 양심을 거슬렀다가는 도리어 역효과가 나는 것도 알았기에 "뭐, 그렇지."라고 애매하게 대꾸해 두었다.

다음 날, 아침부터 근무가 잡혀 있던 나는 바쁜 점심 시간대가 지나고 휴게실에 있었다.

휴게실에는 나 말고도 아르바이트 동료 네 명이 둘러앉아 사이좋게 담소를 나누었다. 여느 때와 다를 바 없이 대화의 중심에는 나리타 교코가 있었다.

"콘서트, 정말 부럽다. 나리타 씨는 행운이 따르나 봐."

"누가 아니래. 지난번에도 좋은 자리를 잡았지?"

"그 운, 나한테도 나눠 줬으면 좋겠네."

주부인 이지마 씨, 대학생 미마타, 프리터인 고사카 씨가 저마다 말했다. 그들에게 둘러싸인 나리타 교코는 은근히 자랑스러운 듯, 쑥스러운 듯한 미소를 띠고 있었다.

"이렇게 예쁜 데다 운도 좋다니 부러워라!"

"게다가 아는 것도 많아서, 말도 어찌나 재미있게 하는지."

비좁은 휴게실에서는 애써 귀를 기울이지 않아도 다른 사람의 이야기가 훤히 들렸다. 그렇지만 대화에 끼어 있지 않은 내가 당당히 이야기를 듣기도 무엇하니 손에 쥔 스마트폰에 의식을 집중해 본다.

"과찬이세요. 그냥 제가 오타쿠라서 그래요."

겸손하게 말하는 나리타 교코의 한마디가 귀에 거슬려 흘깃 시선을 주고 만다.

"애니랑 아이돌⋯⋯이 아니면 잘 모르거든요."

사람들은 자신을 낮추는 나리타 교코의 모습을 보고는 한층 인자한 미소를 지었다. 아무리 추켜세워도 잘난 척하지 않는 그녀가 예쁘고 귀여워 어쩔 줄을 모르는 것이다.

나리타 교코는 '오타쿠'라는 말을 일상생활에서, 심지어는 자기 자신을 가리키는 말로 사용한다. 오타쿠 문화가 지금보다 훨씬 음지에 있었으며 오타쿠는 음습하다는 이미지가 따라붙던 시절에 성장한 '고대의 오타쿠'인 나는 나리타 교코의 태도에 위화감을 느낀다. 오타쿠 레벨을 드러내는 행위에 자신을 더 돋보이게 하려는 장식적인 의도가 있는 것처럼 생각된다. '오타쿠지만 사교성이 좋아요.', '오타쿠인데 예쁘답니다.'라고 말하는 것이 목적은 아닌가. 자신이 한층 돋보이기 위한 발판으로서 하위 존재인 오타쿠를 이용하는 것처럼 보인다는 말이다.

심지어 애니 한정이 아니라 아이돌 오타쿠이기도 하다고 떠드는 것이다.

그것이 과연 '오타쿠'인가?

얄팍한 관심으로 두 장르를 '찍먹'하다 가는 라이트 팬이다. 오타쿠가 아니다.

툭하면 제가 오타쿠라고 말하는 나리타 교코를 나는 좋아할 수 없다.

"참, 그러고 보니."

주부 이지마 씨가 무슨 생각을 떠올린 모양이다.

"요전에 자기가 알려준 애니메이션 있잖아. 왜, 그거. 제목이 뭐더라?"

자주 깜빡깜빡하는 이지마 씨는 기억을 되살리고 싶을 때 언제나 검지로 관자놀이를 짚는다.

"뭐냐면……? 그거야……. 네 글자짜리 제목인데."

"《바이브루》 말씀이세요?"

나리타 교코의 입술 사이로 《바이브루》라는 말이 나오는 순간, 나는 저도 모르게 몸을 틀었다. 끝자리에 앉아 있던 학생 미마타와 눈이 마주쳤다. 그러자 미마타의 시선에 이끌리듯 모두가 내 쪽을 돌아보았다.

"왜 그러세요?"

의아한 표정으로 미마타가 물었다.

"아⋯⋯니에요."

나는 곧장 고개를 가로저었다. 한순간 묘한 정적이 흘렀지만, 아무 일도 없었다는 듯이 대화가 다시 시작되었다.

"그래, 맞아.《바이브루》랬지. 우리 아들이 푹 빠진 애니."

"정말 재미있어요. 저도 매주 잊지 않고 본답니다."

물론 나도 매주 본다. 그리고 원작 만화도 읽고 있다.

하지만 나리타 교코는 다르다. 그저 보기만 한다.

세상에는 애니판만 보는 사람도 잔뜩 있다는 사실은 알고 있다. 내가 받아들일 수 없는 지점은 그쪽이 아니다. 원작도 읽은 적 없는 주제에 오타쿠 행세를 해대는 데 부아가 난다.

우리 '고대의 오타쿠' 일동이 쌓아 올린 오타쿠 문화를 제 것이라는 양 독점하고 남들과 교류하는 도구로 이용하는 심보를 용서할 수 없다.

보컬로이드 오타쿠인 온라인 지인이 비슷한 말을 했다.

하츠네 미쿠(기계음으로 노래를 부르는 캐릭터 소프트웨어─옮긴이)가 세상에 나왔을 때, 일반인은 '이상한 목소리'라며 피했지만 온라인 세상의 주민들은 마음을 다해 사랑을 주었다. 곡을 짓는 사람, 그림을 그리는 사람, 동영상을 만드는 사람, 만들어진 노래를 몇 번이고 거듭 듣는 사람. 볕 들지 않는 곳에서 모두 함께 소중히 보살피며 지켜 낸

보컬로이드 문화는 어느덧 홍백가합전(일본의 연말 최대 가요제-옮긴이)에 출연할 만큼 성장했다.

오타쿠들은 몹시 기뻐했다. 제 손으로 키운 하츠네 미쿠가 무려 홍백가합전에 나오다니, 이보다 기쁠 수는 없었다.

"우리가 미쿠를 키웠어"

그러나 기뻐한 것도 잠시뿐, 문득 주위를 둘러보니 '찍먹 오타쿠'가 훌쩍 늘었다. 고전 명곡을 찾아 듣지도 않고, 암묵적 규칙을 태연히 어기는, 결단코 화합할 수 없는 팬. 그런 인간일수록 큰소리를 땅땅 치고는 한다.

"나는 오타쿠다!"라고.

사건은 토요일에 일어났다.

이번 주말은 만남의 광장에 아무런 행사도 없었으므로 식사 시간대를 제외하면 식당가는 한산했다. 창가 쪽에 오래 자리 잡고 앉아 있던 손님만 몇 팀 있었다.

또다시 나리타 교코와 쉬는 시간이 겹치는 바람에 휴게실에는 나와 그녀 둘만 있었다.

"이제부터 면접이 있거든. 잘 좀 부탁할게?"

아크릴판 너머에서 점장님이 우리에게 말했다. 휴게실 공간은 둘로 나뉘어 있어서, 판 너머는 정직원 전용이었다. 본사와 연락을 취하거나 서류 작업이나 전화 대응이 필요할 때 정직원이 쓴다.

"네."

"알겠습니다."

부탁한다고는 하지만 우리 같은 아르바이트생이 할 일은 없다. 지원자가 드나드는 사이에 조용히 해 주면 좋겠다는 뜻이다. 점장님이 부탁씩이나 하지 않아도 나와 나리타 교코가 시끄럽게 수다를 떨 리는 없지만.

점장님은 "왔네, 왔어." 하면서 직원 전용 통로로 나갔다.

점장님이 나간 것을 확인한 나리타 교코가 속삭였다.

"어떤 사람일까요?"

이 매장은 대학교나 고등학교와는 떨어져 있어 아르바이트하러 오는 학생이 드물다. 대량소비를 전제로 하는 패스트푸드점은 예상외로 무거운 짐을 나를 일이 많아서, 젊은 노동력이 와 주면 좋겠다고 나는 마음속으로 빌었다. 아니면 눈에 드는 보약으로 미소년도 좋고.

"점장님 성격에 미인이기만 하면 당장 채용할걸요."

"전 미남이 좋은데요. 수명 연장의 꿈!"

나리타 교코가 말한 '수명 연장'이란 요즘 오타쿠가 쓰는 말이다. 최애가 최고로 존엄하다고 느낄 때 '소생'이나 '밥이 술술 들어감'이나 '수명이 늘었음'이라고 말한다.

나와 같은 고대 오타쿠는 '여기에 눕'거나 '승천'하거나 '각혈'하고는 했다.

고대의 오타쿠는 보통 부정적인 사람이 많은 것인지, 감정이 북받치면 금세 '죽음'으로 나아간다. 반면 신생 레이와(2019년~현재 일본의 연호-옮긴이) 오타쿠는 '삶'을 향해 간다. 양측의 사고방식은 햇살캐와 음침캐(성격이 밝은 캐릭터와 우울한 캐릭터-옮긴이) 수준으로 크게 다르다.

이 차이에 사회학적으로 접근하면 재미있을지도 모르지만, 고대 오타쿠인 본인이 보기에 레이와 오타쿠의 머릿속은 꽃밭이나 마찬가지다. 그들을 보면 "시끌벅적 아주 즐거우신가 봐요?"라는 비아냥과 "나도 저렇게 '살아나는' 덕질(오타쿠 활동-옮긴이)을 하고 싶었는데……."라는 부러움이 공존한다.

"조금 좁지만, 들어와요."

나리타 교코는 기대 섞인 시선으로 휴게실 입구를 바라보았다. 미남이 등장하기를 기대하는 것이다. 나의 연애 대상은 거의 2차원 한정이니만큼 미소년을 기다린다는 말은 농담이나 다름없었지만, 아이돌 오타쿠라고 공언하는 나리타 교코는 진심이었을 가능성이 있다.

점장의 그림자에 가려졌던 지원자가 서서히 모습을 드러냈다.

가늘고 길게 뻗은 다리.

중심이 딱 잡혀 곧은 자세. 흰 살갗 위로 핏줄이 도드라지는 손.

흑백으로만 맞춰 입은 옷에 포인트가 되어 주는 네온 그린 백. 타고난 듯 자연스러운 색감의 웨이브 헤어. 주먹만 한 얼굴에 자리 잡고 빛을 선명히 반사하는 커다란 눈동자. 양 끝이 살짝 올라간 입술 사이로 보이는, 찬란히 고른 치열…….

나는 경악했다.

3차원에 미소년이 나타나고야 말았다.

그가 발하는 강렬하고도 눈부신 미모에 나는 그만 여기 누웠다.

미소년 가자마 소라는 무사히 채용되었다.

그리고 나는 그의 연수 지도 역으로 임명되었다.

며칠을 함께 일하며 알게 된 내용이 있다. 가자마는 도쿄 출신이고 대학을 우리 현으로 왔다고 한다. 지금은 3학년. 2년간 일한 주점의 수직 사회 분위기에 몸과 마음이 지쳐서 그만두고, 새로 일할 곳을 찾고 있었단다. 머리도 상당히 좋고 어떤 일이든 꼼꼼히 처리한다. 지나치게 깐깐할 때도 있지만 제 기준을 남에게 강요하지는 않아 소통이 무척 편했다.

성실하고 지적이며 다정한 사람……. 마치 브루투스 같았다.

나는 브루투스의 모습을 가자마에게 겹쳐 보게 되었다.

"그거 제가 들게요."

"어?"

느닷없이 등 뒤에서 들려온 가자마의 목소리에 놀라는 사이 그는 내게서 쇼트닝이 든 알루미늄 통을 가뿐히 빼앗아 갔다. 나만을 위한 특별 대우 같아 가슴속에서 뜨거운 마음이 확 달아올랐다. 그와 동시에 뼈마디가 곱게도 솟은 가자마의 손을 더럽혀서는 안 된다는 보호

본능이 솟구쳤다.

알루미늄 통을 들어 올린 가자마는 미안해하는 내게 안심하라는 양 "이러면 운동이 되거든요."라고 수줍게 말했다.

가자마가 가게에 온 뒤로 출근이 즐거워졌다.

차 안에 흐르는 보이스 드라마를 들으면서도 머릿속에 가자마의 얼굴을 떠올리고는 했다. 브루투스를 가자마에게 겹쳐 보던 것이, 차츰 가자마를 브루투스에게 덧씌우게 되었다.

직원실 문을 열었더니 사복 차림의 가자마가 있었다. 기쁜 마음을 미처 억누르지 못해, 평소에는 무표정한 내 얼굴이 흐물흐물해졌다.

"좋은 아침입니다!"

가자마는 레몬 향기가 풍기는 듯한 상큼한 미소를 지었다.

나도 인사로 화답하려고 할 때였다.

"가자마, 안녕!"

뒤에서 나리타 교코가 들어왔다. "아, 하네다 씨도 좋은 아침입니다."라고 사무적으로 덧붙인 뒤 그녀는 가자마에게 걸어갔다.

"요전에 얘기한 거, 가져왔어."

"정말요!"

나리타 교코가 손에 든 종이가방을 뒤지더니 책 한 권을 꺼냈다.

"짜잔!"

"와! 굉장해요!"

가자마는 그 책에 달려들었다.

나는 표지를 보자마자 무슨 책인지 알아보았다.

《바이브루》 1권이었다.

"진짜 초판이네요……. 완전 레어템이잖아요."

가자마는 책 뒤쪽을 확인하고 감탄했다.

초판……?

나리타 교코가……?

그녀가 《바이브루》 1권을 심지어 초판으로 가지고 있다는 부조화가 내 머릿속에서 점점 몸집을 키운다. 이 나조차도 1권은 2쇄로 소장하고 있는데.

말도 안 된다. 나리타 교코가 초판을 가졌을 리 없다. 무언가 착오가 있을 터다. 그것도 아니면 가자마의 호감을 사려고 뒤에서 구린 짓을 꾸민 것이 분명했다.

"인스타에 올려도 돼요?"

"그럼. 네 인스타도 알려 줘."

말문이 막힌 내 눈앞에서 두 사람은 사이좋게 이야기를 나눈다.

이럴 수는 없다. 찍먹팬 나리타 교코가 초판을 소장하다니 있을 수 없는 일이다.

"하네다 씨도 읽어 보실래요?"

그녀는 뒤돌아 나를 보며 웃음 지었다. 그 모습이 "가자마는 제가 데려갈게요!"라는 선전포고 내지는 승리 선언으로 보였다.

나도 《바이브루》 만화, 굿즈, 잡지 스크랩을 잔뜩 가지고 있다. 있다고 말하기만 하면 가자마는 조금이라도 흥미를 보일 것이다. 또 나는 2차 창작 그림까지 그린다. 내 입으로 잘 그린다고 말하기는 민망하지만, 일만 명에 달하는 그림 계정 구독자 숫자가 나의 실력을 보증한다고 할 수는 있겠다.

하지만 초판 보유자가 지닌 권력 앞에서는 무력했다. 《바이브루》는 초기부터 인기를 끌었다기보다 천천히 독자가 늘어난 작품인지라 앞 권수의 초판은 대단히 적게 풀렸을 것이다. 내가 오타쿠라는 사실을 고백한들 나리타 교코가 지닌 초판을 이길 턱이 없다. 애초에 무얼 '이기려고' 하고 있는지도 모르겠다. 이를 어쩌면 좋아. 나는 혼란 상태에 빠졌다.

동요하는 마음으로 바쁜 점심 근무를 어찌저찌 버티고 쉬는 시간이 되었다.

휴게실에 들어가려니 가슴이 답답해 카디건을 걸치고 식당가로 나왔다. 우리 매장 맞은편에 있는 체인점에서 식권을 사서 진동벨과 바꿨다. 최대한 사람의 눈이 닿지 않는 구석 자리에 앉았다.

머릿속은 나리타 교코가 초판을 소유한 데 대한 충격과 질투로 가득했다.

도대체 어떻게 손에 넣었을까?

제때 나온 것을 가지고 있었을 리는 없다. 주부인 이지마 씨를 비롯한 아르바이트생들과 《바이브루》 이야기를 나눌 때도 애니에 대해서만 말했다.

나는 스마트폰을 꺼내서 중고 거래 앱을 켰다.

1권 초판을 검색하자 매물이 네 건 나왔다.

가격이 대략 사천 엔 선이라 나는 얼이 빠졌다. 그보다 훨씬 비쌀 것이라고 철석같이 믿고 있었다. 정가 약 오백 엔의 여덟 배라고 계산하면 그리 싼 값은 아니지만, 귀중한 초판이니만큼 이보다 더한 부가가치가 붙었으리라 상상해 왔다.

혹시 몰라 다른 인기 만화책의 1권 초판도 검색해 봤는데, 물품 상태에 따라 다르지만 천 엔대 물건도 있었다.

그렇군. 이만하면 살 수 있겠어.

나리타 교코는 중고를 사들인 것이다.

아마도 가자마와 이야기하다 우연히 《바이브루》가 화제에 오르자, 그의 흥미를 끌려고 "난 집에 초판도 있다?"라고 미끼를 던져 놓고 나중에 샀을 것이다.

이 정도면 나도 살 수 있다. 이참에 초판으로 소장하고픈 욕심도 난다. 그것이 컬렉터의 욕망인지, 오로지 나리타 교코를 향한 경쟁심인지는 나 자신도 헷갈렸다.

'모처럼인데 지르자.'라고 생각하며 구입 버튼을 누르기 직전 나는 손가락을 멈췄다.

잠깐 있어 봐. 이왕 사는 것, 나리타 교코를 넘고 싶어.

나는 한 줄기 희망을 품고 옥션 사이트로 들어가 어떠한 검색어를

쳤다.

검색결과: 1건

나리타 교코의 초판을 우습게 뛰어넘을 '그것'이 이곳에는 있었다. 가슴이 벅차올랐다. 내가 이겼다.

이것만 손에 넣으면 가자마는 이전에 지은 적 없는 환한 미소를 나에게 보여주리라. 이것을 손에 쥔 날에는 내가 오타쿠라는 사실을 가자마에게만은 밝히겠다고 마음먹었다. 그는 착하니까 내가 어째서 지금껏 숨덕(숨은 오타쿠-옮긴이)으로 지냈는지를 바르고 정확하게 이해할 것이 분명했다.

그러한 각오를 다지고 나는 화면을 바라보았다.

[바이바이 브루투스 제1권(초판) 저자 사인본 신품급]
남은 시간: 10일 14시간

이 경매에서 승리를 거두어 반드시 손에 넣어 보이겠다.

심장이 펄떡펄떡 뛰어서 온몸으로 진동이 퍼져 나가는 것을 느꼈다. 두근, 두근, 두근. 박동은 갈수록 빨라지고 그 소리의 간격이 점점 짧아진다. 그때였다.

삐삐삐삐, 삐삐삐삐, 삐삐삐삐……

나리타 교코를 상대로 한 전쟁의 서막을 알리듯이 진동벨이 울렸다.

현재 가격은 오천 엔. 경매 종료일은 열흘 뒤다. 신용카드로 결제한다면 곧장 현금이 들어갈 일은 없다. 다음 달 결제일까지 자금을 모으면 그만이다.

오늘은 저녁나절 근무가 끝났으므로 느긋이 보낼 시간이 있었다.

그리다 만 《바이브루》 2차 창작 그림을 마무리해서 '트위터'에 올렸다.

얼마 지나지 않아 '좋아요' 수가 늘어나기 시작했다. 나는 이렇게 숫자가 올라가는 모습을 보는 시간이 좋았다. 세계 어딘가에 있는 누군가가 실시간으로 내 그림을 보고 버튼을 누르고 있는 이상, 덕질은 결코 고독한 작업이 아니라는 실감이 난다. 어떤 사람인지 몰라도 내 그림에 담긴 성벽에 공감하고 이를 필요로 하는 이가 틀림없이 존재하고 있다.

본인 입으로 말하는 것도 웃기지만 내 그림은 청년의 내면에 숨겨진 아름다움을 최대한으로 추출하여 화폭에 옮긴 것이다. 소년에서 청년으로 자라나면서 사라져가는 풋풋함을 청년 안에서 포착해 밖으로 끌어낸다는 지점을 의식해 그린다. 그것은 귀여움일 때도 있고 덧없음이나 연약함일 때도 있다. 건장한 남성보다는 중성적 매력을 지닌 남성을 좋아하는 편이었다. 그것이 나의 성벽. 여기에 개성 넘치는 뜻풀이를 추가한다면 '페티시즘'이다.

트친(트위터 친구, 팔로워-옮긴이) 중에 전부터 마음 가는 분이 있었다.

그녀(성별은 불명이지만 프로필 사진이 엷은 물빛으로 예쁘니까 편의상 여자라고 부르겠다)는 내가 새 글을 올릴 때마다 예리한 감상 댓글을 달아 준다. 내가 신경 써서 그린 부분을 알아보고, 칭찬을 기대한 부분을 칭찬하며, 시적 표현으로 그림의 세계관을 넓혀 준다. 그 문장을 읽을 때마다 강한 동기부여가 되고 더욱 멋진 그림을 그려야겠다는 생각이 든다.

그녀의 닉네임은 '사미다레'.

덧붙여 나의 닉네임은 '모치즈키 쓰키'라고 한다.

오늘도 사미다레 님이 감상 댓글을 남기기를 내심 기대하던 나는 그녀의 계정을 몰래 보러 갔다. 마지막 글은 나흘 전. 주로 구독이나 댓글용 계정인지 신원이 파악될 만한 발언은 없다. '좋아요' 란을 들여다봐도 《바이브루》의 2차 창작 그림이나 비교적 건전한 BL 그림만 가득했다. 아마 동인녀인가 보다.

그날 밤에는 끝내 사미다레 님의 감상이 오지 않았다.

안절부절못할 만큼 그녀의 댓글이 기다려졌다.

전에 사다 둔 아이스크림이나 먹을까 싶어 일어나서 부모님이 있는 거실 쪽으로 갔다.

이럴 때 나는 가능한 한 기척을 죽이려 노력한다. 엄마, 아빠가 미워서는 아니고, 두 분의 뜨거운 애정 행각을 보다 보면 나만 고립된 듯한 기분과 함께 그 자리에 있기 머쓱해지기 때문이다. 바닥에 발을 디딜 때나 문을 열 때 소리가 최소한으로만 나도록 온몸에 힘을 주었다.

드라마를 보면서 오늘 밤도 한잔하는 두 분의 등 뒤를 조용히 지나쳐 냉동실을 열었더니, 노리던 아이스크림은 대량의 돼지 삼겹살 밑에 깔려 있었다. 냉동실에 들어 있는 음식은 뭐든지 딱딱하다 보니 소리 내지 않고 꺼내기란 지극히 어렵다.

정신을 더욱 집중해 삼겹살을 조심조심 움직였다.

바스락……. 툭…….

그때 우연히도 드라마 배경 음악이 멈추고 화면에 정적이 흘렀다. 두 분은 화면에 빨려들 것처럼 몸을 앞으로 내밀고 있었다.

얼른. 지나가라. 다음 장면으로 넘어가.

그렇게 기도하는 내 모습은 누가 봐도 우스꽝스러웠을 것이다. 스쾃 도중에 멈춘 듯 엉거주춤하게 서서 양손으로 삼겹살을 들고 얼굴만 부모님의 등을 보고 있다. 삼겹살의 냉기가 손끝에 옮아 와 차갑다 못해 아프기 시작했다.

빨리. 제발.

드라마는 그대로 키스 신에 접어들었다. 부모 자식 셋이 있는 거실에 입술의 마찰음이 울려 퍼진다.

그 장면을 보던 아빠는 음흉한 미소를 지으며 엄마의 입술에 얼굴을 가까이 가져다 대었고…….

눈으로 내 모습을 포착했다.

"아."

"앗."

한도 끝도 없이 어색한 공기가 흘렀다.

어떻게든 분위기를 바꾸려고 나는 멍청한 자세로 왜인지 의미도 없이 인사를 건넸다.

다음 날 아침, 아르바이트는 오후부터라서 오랜만에 얇은 책(동인지. 개인이 2차 창작 작품을 담아 펴낸다—옮긴이) 사냥에 나섰다.

아직도 사미다레 님의 댓글은 달리지 않았다. 걱정도 되었지만, 어서 빨리 당신의 문장으로 내 마음을 가득 채워 달라는 제멋대로인 소망도 함께였다.

동네 근처 번화가까지 차로 나오면 동인지를 취급하는 애니메이션 전문점이 세 곳 있다. 이들 매장에서는 중고 책이나 굿즈를 고객에게 사들이거나 팔기도 한다. 오타쿠에게 없어서는 안 될 장소다.

동지들이 우글우글한 매장 안을 돌아다니다 오늘의 목적인 동인지 코너에 도착했다.

동인지는 대부분 두께가 얇아서 책등이랄 부분이 거의 없다. 책장에 죽치고 붙어 서서 한 권, 한 권씩 차근차근 뒤지며 표지를 확인한다. 원작 작화를 충실히 따르는 그림체, 개성을 발휘한 그림체, 완성도가 뛰어나지는 않아도 열의가 전달되는 그림까지. 성격이 서로 다른 동인지가 똑같은 책장에 늘어서 있다. 평등하게. 공평하게.

나는 이 분위기를 좋아한다.

2차 창작 세계에는 우열이 존재하지 않는다. 원작 아래 모인 사람 모두가 동등하며, 특별한 권력은 주어지지 않고 누구나 자유로이 발언권을 얻어야 마땅하다. 오직 원작만이 유일신이며 질서이시다.

동인지 책장을 바라보노라면 그 사실을 피부로 느낄 수 있다.

괜찮아 보이는 동인지가 다섯 권 있었지만 사인본 입수에 대비해 자금을 아껴야 한다고 판단하고 가장 마음에 든 책으로 한 권만 샀다.

그리고 다시 차를 달려 아르바이트 매장으로 향했다. 방금 구입한 책은 당연히 차 안에 남겨 둔다.

사인본에 대해 알아본 결과 알게 된 사실이 있다.

1권 간행 당시 사인회가 딱 한 번 열렸는데, 추첨으로 백 명만 뽑아서 불렀다고 한다. 즉 저자 구로이와 가쿠 선생님이 개인적으로 나눠 준 사인본을 제외하면, 공식 사인본은 백 권밖에 존재하지 않는다는 이야기다.

경매 사이트를 검색해 보니 예전에도 다른 사인본이 낙찰된 이력이 있었다.

낙찰가는 십오만 엔. 만화책으로서는 무척 높은 가격이었다.

하지만 그 후 《바이브루》 애니메이션이 나왔으니만큼 가격은 그때 보다 치솟았을 것으로 예상된다. 못해도 이십만 엔은 모아두어야 하 겠다.

가게에 도착하자마자 점장님에게 매달려서 근무 시간을 늘렸다. 이로써 마음 놓고 희망 낙찰가를 제시할 수 있다. 우선 일만 엔으로 경매에 참가했다.

오늘은 가자마가 없다. 나는 서운함과 안도감 사이를 떠다녔다. 나리타 교코와 가자마가 대화하는 모습을 보지 않아도 된다는 안도감 이다.

"좋은 아침입니다."

주방에 들어가자 나리타 교코가 인사했다. 우리 매장에서는 어느 시간대에 일하러 오든 첫인사는 '좋은 아침입니다.'로 정해져 있다. 나도 인사를 건넸다.

"오늘은 가자마가 없어서 섭섭해요."

나리타 교코는 아기가 귀엽게 삐치는 표정을 지어 보였다. 나는 어떻게 대답하면 좋을지 고민했다.

"오늘은 나오는 사람이 적으니까요."

섭섭한 것은 사실이지만 가자마가 없어서라기보다는, 같이 일하는 직원들이 별로 없어서 그렇다는 뜻을 넌지시 전했다.

내가 뭐라고 대꾸하든 이 화제를 꺼내려 했다는 티를 풍기며 나리 타 교코가 입을 열었다.

"가자마 말인데요, 미야조노 료랑 닮지 않았어요?"

미야조노 료……가 누구였더라?

최근에 어디서 들은 것도 같고.

나는 고개를 갸웃거렸다.

"지난번에 얘기한 적 있잖아요. 요즘 인기 있는 신인 배우."

"아아. 만남의 광장에서 쇼가 열렸죠."

"맞아요, 그 사람. 닮지 않았어요?"

그렇게 물어도 나는 본 적이 없는걸요.

그보다 나리타 씨, 그때는 미야조노 료에게 별 관심 없지 않았어요?

대놓고 묻고 싶은 것을 참고 마음속에서만 중얼거렸다.

"보세요. 이게 특히나 닮았거든요."

그녀가 주방에 몰래 들고 들어온 스마트폰 화면을 내게 보여주었다.

솔직히 말해서 조금 닮기는 닮았다. 부리부리한 눈망울과 위로 쑥 올라간 입꼬리가 가자마와 비슷하다.

"음. 뭐. 닮았다고 하면 닮았으려나요."

'애초에 가자마의 얼굴을 그렇게까지 자세히 들여다본 적이 없어 잘 모르겠네요?' 하는 뉘앙스를 담아 맞장구쳤다. 실은 구석구석 모조리 훔쳐봤지만.

"그러니까요! 완전히 판박이라니까요."

내가 언제 그렇게 말했느냐고 따지고 싶은 마음을 꾹 눌러 참는다.

"나리타 씨, 미야조노 료를 좋아해요?"

일전에 이야기할 때는 남의 일인 양 무덤덤하시더니요.

"앗, 네. 요즘 SNS에 자주 보여서요, 조금씩 마음이 가더라고요. 재택 덕질로 파고 있어요."

어이구. 그러십니까.

참 쉽게도 오타쿠가 되시네요. 저랑은 다르시네요.

역시나 그녀처럼 오타쿠라고 공공연히 말하고 다니는 사람과는 가까이 지낼 수 없다고 재확인했다.

최근 들어 좋아하게 된 미야조노 료를 가자마가 닮은 것인지, 가자마를 닮았으니까 미야조노 료에게 눈길이 간 것인지, 나는 의심스러웠다.

아마도 후자라고 본다. 처음 미야조노 료의 이름을 꺼냈을 때는 입덕(작품이나 연예인 등의 팬이 되는 것-옮긴이)할 조짐이 보이지 않았다.

전혀 관심 없던 연예인이 어느 날 갑자기 꿈에 나오는 경우가 있다. 꿈속에서 사이좋게 수다를 떨기도 하고, 성적인 관계를 맺기도 한다. 그런 꿈을 꾼 뒤로 해당 연예인을 열렬히 좋아하게 된다는 경험담을 자주 듣는다(내 상대는 2차원 캐릭터지만).

그것과 같은 현상이 그녀에게도 발생한 것은 아닐까.

나리타 교코는 전혀 관심 없었던 신인 배우 미야조노 료를 닮은 가자마와 만났다. 가자마를 알아갈수록 미야조노 료와 가까워진 양 착각하게 되었다. 그리하여 '난 미야조노 료를 좋아하는지도 몰라.'라는 자기 암시에 걸렸다.

다시 말해 이 사람은 사실 미야조노 료가 아니라 가자마를 좋아한다는 뜻이다.

일이 끝나고 점장님이 새 근무표를 나눠 주었다.

늘어난 시간만큼 시급을 곱해 계산하니 약 십만 엔이었다.

소박한 저금을 쥐어짜서 일부를 충당하더라도 추가로 오만에서 십만 엔 정도는 필요하다. 무슨 수를 내서라도 돈을 만들어야만 한다.

오늘 저녁 메뉴는 김치제육볶음이었다. 언제나처럼 저녁의 한잔을 즐기는 엄마, 아빠를 본체만체하며 묵묵히 밥을 먹는데 엄마가 슬그머니 일어났다.

"이제 곧 마감일이지 않았나?"

엄마는 거실 벽에 걸린 달력을 손으로 짚었다.

"맞아. 그러네."

"그걸 외웠어? 역시 우리 여보야."

"칭찬해 봤자 아무것도 안 나오네요."

"에이. 그럼 칭찬하지 말 걸 그랬다."

엄마와 아빠는 늘 하는 둘만의 농담을 주고받으며 웃었다. 웃음소리가 거실을 가득 메운 것도 잠시뿐, 엄마가 이쪽을 돌아보았다.

"우리 지역 단체 미팅 응모. 내일까지야."

그래서 어쩌라고요. 안 간다고요.

대충 얼버무리면 엄마는 금세 잊어버릴 줄 알았는데 주도면밀하게도 달력에 표시까지 해 두었다. 아무래도 진심으로 날 내보낼 작정인가 보다.

나는 필사적으로 변명을 만들어 냈다.

"다음 달에는 워낙 바빠서, 사전 면접 같은 때 시간을 맞추기 어려울 것 같은데."

실제로도 근무 시간을 늘렸으니 거짓말은 하지 않았다. 하지만 핑계가 이것뿐이면 엄마가 이러쿵저러쿵 밀어붙일지도 모르겠다. 엄마의 감정이 차분히 가라앉게끔 이쪽에서 먼저 손을 쓸 필요가 있다.

"미안해. 엄마."

나도 가 보고는 싶은데……. 그런 마음을 담아 울상지었다. 제법 좋은 계책이다.

그러나 개운치 않은 기분이 내 안에서 치밀었다.

나는 왜 사과하고 있지?

어째서 사과해야 해?

만약 지역 미팅에 나간다고 해도 엄마가 아닌 나의 뜻으로 나갈 것이며, 나 자신을 위한 참가일 뿐 엄마를 위한 구혼 활동은 아니다. 내 결혼은 나를 위하는 방향으로 진행되어야 한다. 그런데 나는 왜 사과하는가. 어째서 사과해야만 하는 처지로 내몰렸는가.

이상한 일이다. 무언가 잘못되었다.

"그래도 미즈키는 벌써 스물여섯이잖니?"

엄마가 아빠에게 시선을 주었다.

"이제는 슬슬……. 그렇지?"

아빠는 조용히 고개를 끄덕였다.

'슬슬'은 부모님 세대의 감각이지, 우리 세대의 그것과는 다르다.

두 분이 걸어온 길을 내게도 걸으라 강요할 권리는 두 분에게 없다.

지금껏 잘 참았는데 더는 견딜 수가 없었다. 내 인생에 참견하지 마세요. 그렇게 말하고 싶었다. 하지만 두 분을 상처입히고 싶지는 않다. 어떡하지. 어떻게 전달해야 참견을 멈출까.

그 순간 섬광처럼 뇌리를 스치는 고육지책이 있었다.

"실은 좋아하는 사람이 있어."

아빠는 깜짝 놀라 반쯤 일어섰다. 엄마는 멍하니 입가를 손으로 눌렀다.

아니, 물론 진심으로 하는 소리는 아니다. 가자마랑 사귀고 싶다는 생각도 하지 않는다. 그는 내 눈의 보약이자 브루투스의 환영을 느끼게 해 주는 유일한 3차원 남자에 지나지 않는다. 수상한 마음은 품지 않았다, 아마도.

그 뒤로는 질문 공세에 시달렸다.

뭐 하는 사람이니? 어디서 만났는데? 몇 살? 이름은?

딸의 연애 사정을 들었다는 기쁨을 숨기지 못하는 부모님 곁에서 나는 대단히 후회했다.

남은 시간: 30분

사인본 경매의 승패가 결판나는 날이 왔다.

군자금은 (아직 입금되지 않은 아르바이트비를 포함해) 삼십만 엔을 준비했다.

사인본 전쟁에 뛰어들기 전에, 근무를 늘리고도 모자랐던 십만 엔을 내가 어떻게 끌어모았는지 밝힐 필요가 있다.

양친에게 질문 공격을 받은 그날, 나는 방에 돌아와 단기간에 돈을 벌 방법을 고민하고 있었다. 아무리 생각해도 그럴싸한 아이디어는 떠오르지 않아 끙끙대는데 스마트폰이 울렸다. '트위터' 알림이었다.

그것도 사미다레 님의 댓글 알림이라 나는 무척이나 흥분했다. 즉각 터치해서 댓글을 읽었다.

[이번에도 환상적인 그림을 올려 주셔서 감사합니다. 모치즈키 님의 그림을 보고 있으면 마음이 정화돼요. 이번 그림은 브루투스의 내면에 감추어진 연약한 면에 초점을 맞추어 그리신 것이 아닐까, 제멋대로 상상해 보았습니다.]

[평소에는 용감하게 적과 맞서 싸우는 브루투스지만, 작중에 확실하게 나온 부분(4권, 15권 외)에도 자신이 약하다고 느끼는 순간이 있을 거예요. 모치즈키 님은 브루투스의 그런 불안이나 공포를 밖

으로 꺼내 한 장의 멋진 그림으로 완성하셨고요.]

  [저는 모치즈키 님의 그림을 보고 《바이브루》 팬이 되었습니다. 구로이와 선생님이 그리신 브루투스보다도 모치즈키 님의 브루투스에게 먼저 반했던 거죠. 모치즈키 님이 그린 그림을 방에 걸고 싶을 정도로 좋아해요. 다음 그림을 즐겁게 기다리면서 멀리서나마 응원하겠습니다.]

  댓글은 140글자 제한에 걸려 세 개로 나뉘어 올라와 있었다.
  아아, 이 기쁨을 어떻게 표현해야 좋을까.
  사미다레 님의 언어는 이를테면 잼을 졸일 때의 부드러운 손짓처럼 내 마음 깊은 곳을 서서히 풀어헤쳤다.
  그림러라서, 오타쿠라서 다행이라고 이 순간 느꼈다. 그녀의 글을 놓치지 않도록 몇 번이고 되풀이해 읽었다.
  그러다 어느 한 문장에 의식이 쏠렸다.
  '모치즈키 님이 그린 그림을 방에 걸고 싶을 정도로 좋아해요.'
  내 그림을, 방에, 장식한다.
  ……그래! 이 수가 있었다.
  그림을 그려 팔면 사인본 자금을 벌어들일 수 있다. 굿즈 제작 사이트에 들어가 업로드만 하면 캔버스 액자니 머그컵이니 토트백이니 하는 별의별 물품을 만들어 팔 수 있었다.

그렇지만 순수 창작 그림을 잘 그릴 자신은 없었다. 지금껏 브루투스의 그림만 잔뜩 그렸다는 말이다. 연습도 하지 않고 급하게 판매용 그림을 그려낼 수는 없을 것이다.

게다가 창작 그림이 팔린다는 보장도 없다. 나는 지금까지 줄곧 브루투스 그림을 그리며 활동했다. 팔로워도 브루투스의 그림이 올라오기를 기대하고 있다. 그들은 대부분 내가 아닌 브루투스에게만 흥미가 있다.

그러면 아예 브루투스를 그려 볼까?

그리는 것은 그렇다 쳐도 상업용으로 판매하면 암묵적 규칙에 어긋난다. 동인지는 대부분 원가에 판매하거나 적자를 감수한 자비 출판이므로 묵인되는 편이다. 그러니 그림을 판매할 생각은 접는 것이 맞다.

그렇게 주장하는 선량한 나와 사심에 절어서 '깨끗한 소릴 늘어놓을 여유는 없을 텐데?'라고 나불대는 내가 그 순간 내 안에 공존했다.

그리고…….

나는 브루투스 그림을 팔았다.

악마에게 영혼을 팔고 옥션 참가권을 손에 넣은 것이다.

오타쿠로서, 《바이브루》 덕후로서 이런 짓을 해서는 안 되지만, 시시각각 다가오는 카운트다운을 거스르지 못했다. 딱 한 번만. 이번만이야. 그러니까 제발 허락해 주세요……. 그렇게 빌었다.

사인본 가격은 십오만 엔까지 올라 있었다. 최고가 입찰자는 나다. ID를 살펴보니 경쟁자는 네 명이었다.

남은 시간은 삼 분.

입찰가가 언제 올라도 알 수 있게끔 오 초 간격으로 브라우저를 새로고침했다.

남은 시간, 이 분. 입찰가가 이십만 엔으로 갱신되었다.

망설일 새도 없이 나는 이십일만 엔을 제시한다.

상대도 겁먹기는커녕 곧장 이십이만 엔으로 올렸다.

이십삼만 엔. 이십사만 엔. 이십오만 엔…….

남은 시간 일 분을 끊었을 때였다.

최고입찰가: 삼십만 엔

나는 말을 잃었다. 경쟁 상대가 끝나기 직전에 오만 엔이나 올려 부른 것이다. 나를 정신적으로 몰아붙이려 한 것이 분명하다.

마우스 위에 놓은 손이 벌벌 떨렸다. 할부로 탄토를 사면서도 제법 각오를 다져야 했으면서, 만화책 한 권에 삼십만 엔도 넘게 내려고 하는 나 자신이 무서워졌다.

하지만 살 수밖에 없다.

남은 시간, 십 초.

빨리. 빨리, 빨리. 이 기회를 놓치면 영영 얻지 못할지도 몰라. 빨리.

입찰가를 써넣고 후다닥 엔터키를 눌렀다.

…….

새로고침 도중의 새하얀 화면. 읽어 들이는 중이라는 표시가 빙글 빙글 돌아가고 있다.

…….

모니터 한가운데에 글자가 훅 튀어나왔다.

[축하합니다! 당신이 낙찰자입니다!]

간발의 차이로 나는 전투에서 승리했다.

낙찰 사흘 뒤, 생각보다 훨씬 큰 상자가 도착했다. 만화책은 간이 우편 포장으로도 보낼 수 있는데, 워낙 고액 상품이다 보니 단단히 포장해서 발송한 모양이다.

포장재를 신중히 벗기자 안에서 사인본이 자태를 드러냈다.

투명한 보호 커버에 감싸여, 구로이와 선생님의 사인이 그곳에 있었다.

일찍이 느끼지 못했던 고양감이 불꽃축제의 마지막을 장식하듯 맹렬히 터져 나왔다.

얼른 가자마에게 보여주고 싶다.

그리고 나도 사실 오타쿠라고 그에게만 속삭이고 싶다.

끝없이 샘솟는 욕망을 어찌할 줄 모르다 일단 '트위터'에 사진을 올리면서 잠시 진정하기로 했다. 당연히 경매로 질렀다는 뒷얘기는 비밀이다.

어플을 켰더니 때마침 작가인 구로이와 선생님이 글을 올린 참이었다. 거기 적힌 내용을 보고 나는 말문이 막혔다.

이런 말을 한다고 달라지지 않을 건 잘 알지만, 조금이라도 막을 수 있기를 바라며 이쪽에 글로 써서 남깁니다. 사인본을 사고팔지 마시길 바랍니다. 작가 입장에서는 너무도 입맛이 씁니다.

……나 때문이다. 내가 사인본을 산 탓에 구로이와 선생님이 괴로워하신다. 어쩌면 좋지. 이런 타이밍에 사진을 올린다니 당치도 않다.

나는 '진정한 오타쿠'의 발끝에도 미치지 못했다. 오히려 그 반대였다. 가자마와 친해진다는 목적을 위해 작품을 수단으로 삼은, 기가막히게 어리석은 오타쿠다.

망연자실한 나를 한층 더 몰아붙이려는지 시야에 이상한 것이 들어왔다.

'트위터'에 알림 개수가 '99+'라고 표시되어 있었다.

소름이 돋았다. 핏기가 스르르 가신다.

머뭇머뭇하며 화면을 누르자 무수히 많은 댓글이 펼쳐졌다. 내가 모르는 계정 다수. 화면을 꽉 메우는 비난의 목소리. 이모티콘처럼 귀여운 표현은 일절 없이, 냉혹하며 신랄한 문장들. 사과해. 웃기지 마. 최악이야. 인간쓰레기. 꺼져. 범죄자. 죽어⋯⋯.

당장의 돈에 눈이 멀어 허가도 없이 《바이브루》를 상업적으로 이용한 나는 구로이와 선생님의 팬들에게는 분노의 배출구였고, 만화 애호가와 서브컬처 마니아에게도 비난받았다.

미처 읽지도 못할 속도로 끊임없이 새 글이 날아들었다. 나는 그 것을 능숙히 받지도 못하고 피하지도 못한 채 내 몸에 날아와 꽂히는 모양을 아연히 지켜볼 수밖에 없었다.

모두 내가 뿌린 씨앗이다. 마음은 너덜너덜해졌지만 어쩐지 이해되었다. 어쩔 수 없지. 내가 잘못했는걸. 안 되는 줄 알면서 내 욕심을 채우려고 그랬으니까. 어쩌면 상대는 스트레스 발산용으로 나를 공격하는 것일지도 모르나, 화는 나지 않는다. 네, 제가 했습니다. 그처럼 솔직히 자백한다. 적반하장이 아니라 사실을 인정하는 것이다.

이 계정에 그림을 올릴 수 없게 될지도 모른다. 그뿐 아니라 알고 지내던 트친들과 이야기를 나눌 수 없게 될지 모른다. 슬퍼. 힘들어. 하지만 그것도 내 잘못이지.

드디어 손에 넣은 사인본을 들여다볼 기력도 없어서 나는 막막해졌다.

"나가서 바람이나 쐬고 오자."라고 혼잣말한다.

저녁놀에 물든 거리가 눈부시게 빛났다.

해가 기울고 어둠이 은은히 깔렸는데 곳곳에서 아직 짙은 오렌지 빛을 반사하고 있어서인지, 색의 대비가 확연해 낮보다도 눈이 부시다. 모래톱에서 빛을 내는 갯반디나 무대 조명처럼 한 곳에만 좁게 비치는 빛을 보면 어쩐지 특별한 시간 속에 있다는 느낌이 들었다.

나는 얼마간 정처 없이 돌아다녔다. 평상시에는 차를 타고 지나치는 동네 거리를 두 다리로 딛고 밟았다. 갓 오타쿠가 되었을 무렵에는 하굣길에 만화를 읽으면서 자주 걸어 다녔다. 집에 가까워져도 책을 더 읽고 싶어서, 그 세계를 떠나고 싶지 않아서, 몇 번이나 먼 길로 돌아왔다. 좋아하는 작품을 순도 백 퍼센트의 애정으로 만끽했다. 속박도 이해타산도 걱정도 허세도 없이 나만의 세계 속에 있었다.

언제부터 이렇게 되었을까.

대체 언제부터, 되고 싶지 않았던 '어른'이 되고 말았을까.

오타쿠라는 취미는 그 누구에게도 방해받지 않고 누구의 눈도 신경 쓰지 않으며 자기 자신만을 위하는 또 하나의 세계였을 터다. 그런데 언제부터 이 세계에 타인의 출입을 허락하고, 다른 목적을 바라고 취미를 이용하는 땅으로 전락해 버렸는가. 옛날처럼 나만의 것으로 남아 있었다면 좋았을 것을.

"……다 씨."

멀리서 부르는 소리가 들린 듯하다.

"하네다 씨."

누군가 내 이름을 부르고 있다.

"하네다 씨."

누군가가 내 오른 어깨를 가볍게 두드렸다. 나는 흠칫하며 정신을 차리고 뒤돌아보았다.

뒤에는 나리타 교코가 있었다. 그리고 그 옆에는 가자마가 있었다.

"하네다 씨 맞았네요."

나리타 교코의 목 언저리에 오렌지빛이 반사된다.

어째서…… 어떻게 둘이 함께…….

왜 둘이서 거리를 걷고 있는 거야…….

아무리 생각해도 원치 않는 상상이 머리를 떠나지 않는다.

"지금부터 아이돌 라이브 공연을 보러 가거든요."

당황한 나를 달래듯 가자마가 말했다.

"남은 표를 어떻게 할까 고민하던 차에, 자기도 관심이 있다고 하지 뭐예요?"

사실은 애초부터 그럴 계획이었을 나리타 교코는 켕기는 척도 않고 변명을 늘어놓았다.

애니를 좋아했다가, 아이돌을 좋아했다가, 배우를 좋아했다가, 가자마를 좋아했다가. 그것참 속 편한 노릇이네. 그 얄팍한 애정을 가지고 잘도 '오타쿠'에 이름을 올린다. 쉬는 날 가자마와 데이트를 즐기는 나리타 교코에게 느낀 질투가 연료로 바뀌어, 몸속에서 분노의 불길이 걷잡을 수 없이 커진다.

"아, 그러세요. 하여간 취미도 참 많네요."

가시 돋친 말투로 나는 웃음 지었다.

한순간 의아한 표정을 지은 나리타 교코는 금세 태세를 정비했다.

"저야 뭐, 천생 오타쿠니까요⋯⋯."

그 단어를 입에 올리지 말라고 했잖아. 너 같은 건 절대 오타쿠가 못 돼. 팔랑귀, 냄비근성, 찍먹팬이라고.

나는 짜증을 숨길 여유를 잃어갔다. 가자마가 불안한 눈으로 이쪽을 보고 있다.

"후⋯⋯."

억누르지 못한 분노가 공기 덩어리처럼 응축되어 거세게 터져 나왔다.

"보통, 그런 건 오타쿠라고 안 해요."

딱 잘라 말했다.

나리타 교코의 얼굴이 완전히 굳었다. 가자마는 나와 그녀의 안색을 번갈아 살피고 있다.

"아니⋯⋯."

"참. 저 일이 있어서요. 이만 가 볼게요."

나는 발걸음을 서두르며 그 자리를 벗어났다. 멍하니 그 자리에 서 있는 나리타 교코를 지나쳐서.

목에 꽉 끼어 있던 이물감이 사라진 듯 시원하기 그지없었다.

집에 돌아온 것은 해가 지고 사방에 어둠이 내리깔릴 무렵이었다.

아빠는 회사 회식이 있다고 하고, 엄마 혼자 밥을 먹고 있었다.

입맛이 없어 저녁은 먹지 않겠다고 말했더니, 엄마는 그럴 때야말로 챙겨 먹어야 한다며 일어나 반찬을 데웠다. 나는 마지못해 식탁에 앉았다.

"무슨 일 있었어?"

분위기가 무거워지지 않도록 밝은 목소리로 엄마가 물었다.

"아니. 없는데."

나는 엄마의 눈을 바라보지 않으며 쌀밥을 입으로 옮겼다.

"자세히는 아니어도 일이 있다는 건 알아."

"······."

엄마는 무엇이든 꿰뚫어 본다. 어머니의 감은 위대하다.

"아하. 뭔지 알겠다."

"아니야."

곧 연애 이야기가 나온다고 직감한 나는 엄마의 말을 단칼에 부정했다.

"그이랑 싸우기라도 했니?"

"아니래도."

내키는 대로 이야기를 이끌어 가는 엄마 때문에 속이 부글부글 끓고 말투는 거칠어졌다.

그런데도 엄마는 태연히 말을 이었다.

"연애란 게 원래 마음대로 안 된단다. 엄마도 그랬어."

"아니라고 했잖아!"

나는 젓가락을 내동댕이치듯이 내려놓았다. 엄마는 아주 잠깐 움찔했는 기색을 보였다.

그래도 엄마는 말을 멈추지 않는다.

"잘 풀리면 좋겠다."

시끄러워.

"엄마가 응원할게."

시끄러워.

"같이 있으면서 결혼 생각이 드는 사람이라면 좋겠어."

시끄럽다고.

"네가 잘되라고 항상 기도한단다."

"시끄러워! 그만 좀 해!"

줄곧 억눌러 온 짜증이 폭발했다.

"나는 나 좋을 대로 살 거야. 내 인생이지 엄마, 아빠 인생이야? 내가 꼭 둘이 원하는 딸로만 살아야 해? 엄마랑 아빠가 말하는 행복만 진짜 행복이냐고. 그렇다면 이딴 집 나갈 거야. 나가 버릴래!"

내 말을 이해하지 못한 엄마는 그저 응급처치에 불과한 위로를 건넨다.

"괜찮아. 다 괜찮을 거야."

"괜찮기는 뭐가 괜찮아! 난 하나도 안 그래!"

알아 줘. 제발 알아 줘, 엄마. 나는 엄마가 좋아. 미워하고 싶지 않

아. 제발 부탁이야. 이 이상은 조르지 않을 테니까. 이것만 알아줘.

"입만 열면 결혼, 결혼. 그 소리밖에 할 줄 모르지. 왜 나한테 그러는데? 대체 왜…… 나를 있는 그대로는 봐 주지 않아……?"

감정이 북받쳐 이성은 무너져 내렸다. 슬픔으로 가득 찬 눈물이 멈출 새 없이 넘쳐흐른다.

일어나 옆으로 다가온 엄마는 내 머리를 쓰다듬었다.

"미안해, 미즈키. 네가 뭣 때문에 그렇게 화내는지 엄만 모르겠어. 그도 그럴 게 네 나이쯤 되면 보통은 다들 결혼하잖니?"

누가 그래. 도대체 언제 적 이야기를 하는 거야, 엄마는? 옛날 옛적 가치관을 언제까지고 밀어붙이지 마. 낡아빠진 가치관으로 내게 상처 주지 말라는 말이야.

—보통은 다들 결혼하잖니?

지금은 '보통'이 아니라고. 시대에 뒤처진 말로 나를 좁은 우리에 가두지 마. 지금 사람들은 저마다 다양한 생각을 하면서 살아가. 엄마가 살아 온 시대와는 다르다고!

'보통.'

잠깐만.

나.

어디선가.

똑같은 말을…… 한 것 같은데.

어디서 그랬지? 언제? 누구한테 이런 말을 했던가. 무슨 이유로……?

—하여간 취미도 참 많네요.

그렇다. 그때였다.

—보통, 그런 건 오타쿠라고 안 해요.

그때 내가 나리타 교코에게 내뱉은 말이었다.

나의 오타쿠론(論)을 나리타 교코에게 들이박은 말이고.

내 낡은 가치관으로 나리타 교코를…… 상처입힌 말이다.

왜 이렇게 되었나. 나나 엄마나 어쩌다 이토록 자신의 가치관에 사로잡히고 말았나.

멍청한 짓이었다. 어리석은 짓이었고. 자책으로 마음이 짓눌릴 것 같았다. 아니, 짓눌려 마땅했다.

오랫동안 사용한 트위터가 X라는 이름으로 바뀌었다고 해도 받아들이면 그만이었다. 결혼 노래를 부르는 엄마에게도 내 생각을 차근차근 전하면 되지 않는가. 나리타 교코가 오타쿠라고 공언하면 하는 대로 요즘은 저 말을 저렇게 쓰는구나, 하고 내 단어장을 업데이트하면 좋았으리라.

어째서 고작 그만한 일도 제대로 하지 못했나.

아마도…… 내가 인간이기 때문이다. 본능이 변화를 두려워하기 때문이다. 그러니 엄밀히 말해 해결책은 없다시피 하다. 사람이라면 많든 적든 변화를 두려워하니까.

하지만.

—보통, 그런 건 오타쿠라고 안 해요.

앞으로는 그런 말을 오직 자신을 긍정하려는 목적으로 타인에게 내뱉지 말아야지.

스스로에 대한 실망, 엄마를 향한 애정, 나리타 교코에게 보내는 참회……. 복잡다단한 감정에 휩싸인 나는 엄마에게 안긴 채 소리 높여 울었다.

부드러운 바람이 기분 좋게 불어와 나를 감싼다.

이제는 덕질을 접기로 할까. 그런 마음으로 《바이브루》 만화책이며 굿즈를 애니메이션 매장의 종이봉투에 꽉꽉 채워 차를 타고 시내로 나왔다.

돌이켜 보면 지난 몇 년간 강박관념처럼 덕질을 해 온 것 같다. 이왕 초반부터 정주행한 작품이니까. 벌써 굿즈를 이렇게 많이 모았으니까. 내가 다른 사람들보다 훨씬 자세히 아니까. 내 그림을 기다리는 사람들이 있으니까. 그러한 허영심이 앞서서 정작 나를 위한 오타쿠 생활이 아니었다는 느낌이 든다. 그러니 이제 그만해도 되지 않을까? 그렇게 마음먹었다.

오전이라 애니메이션 매장은 한산했다. 오타쿠는 야행성이라 그런가. 아니지, 그것도 편견이다. 야행성이 아니라도 오타쿠라고 말할 권리가 있다. 그날 이후 나는 이성적인 인간이 되었다.

무거운 종이봉투를 양팔로 끌어안고 매입 카운터로 간다.

사인본은 어떻게 할까. 마지막까지 고민해 보려고 가져오기는 했는데 팔아치우자니 마음에 걸린다. 오타쿠의 삶을 청산하기 위해서라고는 해도 작가 선생님이 싫어하는 행위를 또다시 저질러서야 되겠는가? 그렇다고 버릴 수도 없고……

그때 낯익은 얼굴이 눈에 들어왔다.

가자마다.

그리고 옆에는 나리타 교코가 있었다.

왜 또 너희 둘이 여기에 있어? 그것도 둘이 함께.

서둘러 숨으려고 했지만 가자마가 나를 먼저 발견했다.

"하네다 씨!"

고개를 휙 돌린 내 마음의 무장을 해제시키며 가자마는 이쪽으로 다가왔다.

"하네다 씨. 안녕하세요."

"안녕하세요."

지난번의 실수를 한심해하는 마음과 가자마가 말을 걸어 주어서 기쁜 마음이 뒤섞여, 중화될 듯하면서도 어우러지지 않고 서로 겉돌았다.

나리타 교코는 머뭇머뭇 가까이 왔다.

"하네다 씨. 요전에는 죄송했어요."

그녀는 선뜻 말하고 예의 바르게 고개를 숙였다.

그 모습을 보고 나의 소심한 성격이 더욱 진절머리가 났다. 지금 사과하지 않으면 때를 놓쳐 버릴 것이다. 그런데 말이 잘 나오지 않았다.

"아니에요……."

내가 잘못했잖아요. 내가 당신에게 못되게 말했는데.

가자마가 분위기를 바꾸려는 듯 눈치 빠르게 화제를 돌렸다.

"그 봉투는 뭐예요?"

"아차."

종이봉투를 들고 있다는 것조차 잊고 있었다. 이를 어쩐다.

"흐음?"

가자마는 무언가 눈치챘다는 듯 장난스럽게 꿍꿍이속이 있는 얼굴로 추궁했다.

"그거 이 가게 봉투인데요."

"아니, 이건 그게."

나는 누가 보아도 수상한 꼴로 허둥지둥거렸다.

가자마가 목을 쭉 뻗어 종이봉투 안을 들여다보았다.

"헉! 《바이브루》잖아요!"

"뭐?"

그 말을 듣고 나리타 교코도 목소리를 높였다.

"하네다 씨, 이게 대체……."

나는 변명거리를 찾았다. 친척 아이 대신 왔다고 할까? 아니면 리셀러인 척해? 어디서 주웠다고 할까? 한심한 방법밖에 떠오르지 않아 갈팡질팡했다.

"잠깐만! 이거 뭐예요!"

가자마가 봉투 안에서 1권을 꺼냈다. 나리타 교코도 함께 보았다.

"사인? 진품 사인이에요?"

두 사람은 세기의 대발견을 해낸 양 사람 눈을 신경 쓰지 않고 떠들어댔다.

"잠시만, 두 분 다 잠시만요. 목소리를 낮추시고."

그들은 눈을 휘둥그렇게 뜨고 익살스러운 표정으로 입만 손으로 막았다.

"말하지 않아서 미안해요. 사실 전 《바이브루》 오타쿠예요."

"진짜로요?"

"세상에!"

또다시 크게 소리 지른 두 사람은 황급히 양손으로 입을 막았다.

"네⋯⋯. 죄송합니다."

기자회견장에서 사과하는 정치가처럼 나는 허리를 깊이 굽혔다.

"그래서였군요."

나리타 교코가 이제야 이해된다는 얼굴로 말했다.

나도 모르게 고개를 들었다.

"그래서 제 말투가 거슬리셨던 거예요."

나리타 교코는 자책하고 반성하는 빛을 띠었다.

"절대 아니에요, 나리타 씨. 저 때문이에요. 제가 잘못했어요."

나리타 교코와 눈이 마주쳤다.

"저랑 다른 방식으로 즐겁게 지내는 나리타 씨를 보고도 받아들일 그릇이 되지 않아서. 이것저것 다양하게 좋아하는 나리타 씨가, 게다가…… 뭐랄까, 잘 되어가기까지 하는 나리타 씨가 부러웠어요."

"잘 되다니요? 뭐가요?"

그녀는 어안이 벙벙하여 물었다.

"뭐냐니, 그……."

나는 나리타 교코와 가자마를 번갈아 보았다.

"음?"

"네?"

두 사람은 서로 마주 보았다. 슬금슬금 치미는 웃음을 참는 듯했다.

"오해예요. 하네다 씨."

가자마가 말했다.

"저기, 정말로 여기서만 말씀드리는 건데요……."

나는 눈을 질끈 감고 이어질 말을 각오했다.

"저는 동인남이에요."

"그리고 전 동인녀고요."

"네?"

그들은 동시에 웃음을 터트렸다. 나만 상황을 받아들이지 못했다.

"지난번 라이브도 미남들이 뒤엉키는 모습을 실컷 감상하러 간 거고요, 오늘도 BL 동인지를 찾으러 왔답니다."

정신을 차렸을 때 나는 입을 쩍 벌리고 있었다.

남들에게 보여줄 만한 취미 부자 오타쿠의 얼굴 뒤에, 어둠의 취향을 갖춘 오타쿠의 얼굴을 감추고 있었다는 말인가. 나만 숨기고 다니는 것이 아니었다니.

"나리타 씨. 가자마도."

나는 넋 나간 표정을 가다듬고 똑바로 고쳐 섰다.

"지난번에는 진심으로 죄송했습니다."

그리고 허리를 깊숙이 수그렸다. 이번의 사죄는 나를 성장시키려 하늘이 내려준 기회가 분명하다. 속이 배배 꼬여서 저만 옳다고 뻗대던 나 자신을 재생시키는 통과의례(Initiations)와 같았다.

나리타 씨의 온화한 목소리가 머리 위에서 들렸다.

"괜찮아요. 그 대신……."

그들이 어떤 교환 조건을 걸든 나는 따를 것이다.

"동인녀라는 비밀은 지켜 주시고요. 다음에 같이 코미케(일본 최대의 애니메이션 행사-옮긴이)에 가요."

"엥?"

나리타 씨의 희한한 부탁에 무심코 맹한 소리를 내고 말았다.

"코미케에서 사람 찾는 걸 도와주세요."

"사람을 찾아요……?"

그렇다고 답한 나리타 씨는 가자마를 보았다.

"이분을 만나고 싶어서요."

그는 내게 그림 한 장을 내밀었다.

"제 은인이에요. 이분이 없었으면 지금의 저도 없어요."

나는 손에 든 그림을 내려다보았다.

"동인남이 된 것도 이분 덕분이랄지, 이분 때문이라고 할지⋯⋯. 이분을 처음 본 건 제가 대학에 막 들어가서 맞은 5월 무렵인데, 그날은 비가 주룩주룩 내렸죠."

그림을 쥔 손이 떨린다.

"어때요. 예쁘죠? 아름답죠? 이 그림이요."

열별은 토하는 가자마의 얼굴이 내게 가까이 다가온다. 그의 숨결이 피부에 닿는다.

"하지만 사이버불링을 당한 뒤로 소식이 끊겼거든요. 직접 만나서 고마웠다고 말하고 싶어요. 그러니까 코미케에 가서 실마리를 잡으려고요."

부탁드립니다, 하고 그는 머리를 숙였다.

이제 막 오타쿠라는 비밀을 밝힌 참인데.

이래서야 또 한 번 비밀을 안고 가야 하잖아.

나는 손안에 새근새근 잠들어 있는 브루투스를 지그시 바라보았다.

내가 맨 처음 그린 브루투스 그림이었다.

가자마, 이 그림을 그린 사람은 나야.

비가 쏟아지는 5월에⋯⋯ 너는 사미다레(음력 5월경의 장마-옮긴이)가 되었구나.

"내가 모치즈키 쓰키야."

그렇게 속삭였다.

물론 마음의 소리로.

언젠가는 반드시 너에게 진실을 전하고 싶어.

#울트라_새드_앤드_그레이트_디스트로이_클럽

: 가쓰세 마사히코

가쓰세 마사히코(カツセマサヒコ)

1986년 도쿄 출생. 일반 기업에 근무하다 2014년부터 수필가 활동을 시작했다. 2020년 출간한 소설 데뷔작 《새벽의 청년들》은 영화로도 제작되었다. 2021년, 록 밴드 indigo la End와 협업으로 소설 《야행 비밀》을 출간했다. TOKYO FM 라디오 방송 'NIGHT DIVER'도 진행하고 있다.

그게 뭐더라.

머리에 문득 떠오른 문자열을 난조 스즈카는 기억하고 있었다. 그런데 단어가 늘어선 순서까지 정확히 파악했으나 그 말의 의미까지는 떠오르지 않는다.

휴대전화로 검색하면 뭐라도 나올지 모른다. 하지만 지금은 손 닿는 곳에 없었고, 가진 것이라고는 점점 부풀어 오르는 공포심과 현실도피를 꾀하는 정상화 본능뿐이었다.

난조는 머릿속으로 치졸한 단어를 끊임없이 연결한다. 울트라 새드, 앤드, 그레이트 디스트로이 클럽. 울트라 새드, 앤드, 그레이트, 디스트로이, 클럽. 울트라 새드 앤드 그레이트 디스트로이 클럽. 서서히 이 구절의 진의에 다가가고 있다는 느낌이 들지만, 코앞에서 윤곽은 어렴풋이 흐트러진다. 그러는 동안 뇌 하나로는 전부 처리할 수 없게 되어 난조는 경을 외듯이 중얼중얼 그 말을 입속으로 읊었다.

울트라 새드 앤드 그레이트 디스트로이 클럽.

절망스러운 상황에서 머리를 비집고 나온 문장의 소리와 리듬. 뜻은 모르겠지만 이를 되풀이하는 사이에 난조는 온몸에서 쭉 빠져나갔던 힘이 다시금 차오르는 것을 느꼈다.

가자. 날려 버려. 해. 할 수 있어.

주문에 등을 떠밀리듯 난조는 단숨에 바닥을 박차며 몸을 일으켰다. 거실에서 문 하나 너머에 있는 침실까지 달려 들어가 곧장 문을 걸어 잠그려 한다. 그러나 남자의 팔뚝이 삽시간에 문 틈새로 비집고 들어와 닫지 못하게 막았다.

난조는 온몸의 힘을 다해 문을 밀었다.

울트라 새드라고.

누군가가 했던 말이다. 누구였더라. 몸에 힘을 주어 버티느라 허리가 점점 내려가다가 뒤로 뻗은 왼발에 웬 물건이 닿았다. 한동안 쓰지 않은 골프 가방이 제 차례라며 난조를 부른다.

난조는 팔로 밀던 문을 어깨로 받치고 골프 가방을 기울여 쓰러트린 뒤 손으로 더듬어 골프채를 꺼내 들었다. 그 순간 문에 가하던 힘이 약해졌는지 남자가 몸뚱이를 침실로 거칠게 밀고 들어왔다.

어서. 휘둘러.

남자가 제 기세를 이기지 못하고 침대에 넘어진 순간, 난조는 양손으로 쥔 골프채를 힘껏 휘둘렀다. 벽이나 천장에 닿지 않게끔 궤도를 섬세하게 조정하느라 힘이 수월히 들어가지 않는다. 그러나 골프채의 머리 부분은 남자의 뒤통수를 정확히 치고 간다.

남자는 시야에 일순 난조의 모습을 담았다. 그러나 난조가 쥔 골프채를 좇던 눈은 이내 흔들리고, 결국 무릎이 꺾여 바닥에 무너져 내렸다.

크고 마른 남자의 몸이 엎어진다.

뭐야, 이거. 뭔데. 뭐가 어떻게 된 거야.

거칠어진 숨소리가 머리를 한층 더 어지럽혔다.

온몸이 심장으로 변한 것처럼 몸 전체가 격렬히 맥동하고 수축과 이완을 반복한다. 다리에 힘이 들어가지 않아 중력에 짓눌리듯 난조도 주저앉았다.

뿜어져 나온 아드레날린이 눈앞에 펼쳐진 광경을 슬로 모션처럼 비추었고, 난조의 머릿속을 주마등처럼 스쳐 지나가는 장면이 있었다.

그것은 십 년 전의 기억, 열일곱 살이었던 난조와 친구들이 함께한 최강의 고교시절 이야기.

#

2학년 E반은 학교 축제에 참여하느냐 마느냐, 참가한다면 무슨 상점이 좋겠느냐는 선택에 쫓기고 있었다. 축제나 체육대회 때 의욕을 내는 부류는 일부 운동부 학생뿐인데, 전체 인원의 이십 퍼센트도 되지 않는 그 아이들이 학급 행사에 무슨 의견을 내든지 간에 난조처럼 동아리 활동을 하지 않는 아이에게는 실로 지루한 시간이었다.

"호스트바 같은 카페를 만들자! 여자애들이 잔뜩 몰려오게!"

"뭐? 싫어! 클럽 같은 게 좋은데. 남자들은 웨이터 시키고!"

"야, 야. 이럴 땐 유령의 집이지. 죽여 주게 무서운 걸로!"

축구부, 농구부, 야구부 녀석들이 별 대단치도 않은 제안을 줄줄이 늘어놓는다. 난조는 그 모두가 시시하다고 생각하며 그저 묵묵히 시간이 지나가기를 기다렸다. 아마 난조 외에도 많은 학생이 그랬을 것이다.

"왜 너희들은 아무 말도 없냐? 협조하시라고요, 협조. 단결 몰라? 단결. 이럴 때는 당연히 올 포 원이잖아? 아니야? 야, 야. 와다! 뭐라고 말 좀 해라, 와다!"

학급위원이면서 축구부 주전이기도 한 와타라세가 와다를 지목했다. 야구부 남학생이 곧바로 "와다가 누군데. 쟤? 쟤 이름이 와다라고? 처음 듣는데!"라며 의자에 올라가 소리를 질렀고, 운동부원들을 중심으로 교실이 웃음바다가 되었다.

맨 앞줄 가장자리에 앉은 와다 히카리는 고개를 숙이고 책상 한구석만 뚫어져라 보았다.

"와다! 한마디 하라니까? 뭐든지 좋으니까 말해 보라고!"

남자 야구부원이 의자 위에서 와다를 재촉했다. 와다 뒷자리에 앉은 난조는 이토록 놀림이 심한데도 누구 하나 나서서 말리지 않는 교실을 원망했다. 태평하게도 요즘 줄어든 머리숱 걱정이나 하는 담임 안도, 동조하라는 압력에 굴복해 입을 다물고 실실 웃기만 하는 반 아이들, 그들과 마찬가지로 침묵을 고수하는 자기 자신에게도 똑같이 화가 치밀었다. 그러나 아무리 원망해도 행동이라는 이름의 목적지에는 영 다가갈 수가 없었다.

교실에 정적이 내려앉았다. "분위기 깨지 말고 말하라고."라고 남자 야구부원이 또다시 다그치고, 학급위원인 와타라세는 와다를 가만히 보고 있었다.

"엉망진창 부숴 버리지 그래."

그때 가냘픈 목소리가 들렸다.

그러자. 엉망진창으로 망쳐 버리자고, 난조도 순순히 고개를 끄덕였다.

이까짓 교실은 엉망진창 뒤죽박죽으로 무너져 버리면 좋겠다.

절절히 공감하며 얼핏 앞을 바라보니 조금 전 발언은 앞자리에 앉은 와다가 한 말이었다.

와다의 목소리는 무척 가늘고 금방이라도 새되게 뒤집힐 것처럼 떨렸다.

운동부원들은 커다란 콩알탄에 얻어맞은 것처럼 눈을 부릅뜨고 입을 다물었다. 저렇게 얌전한 인상에 이름도 기억나지 않을 만큼 존재감이 흐릿한 와다의 입에서 "부숴 버려." 같은 험한 말이 나오리라고는 조금도 예상치 못한 모양이다.

"뭐라냐."

아까 그 야구부원이 농담 삼아 웃어넘기려 했다. 그러나 "엉망진창 부숴 버리자."라는 말의 울림은 고등학생의 남아도는 에너지를 발산시킬 암호로서 대단한 매력을 내뿜었다.

학급위원 와타라세가 "야, 그거 재밌겠다!"라고 인정하자 "좋아. 엉망진창 어쩌고, 하자!"라며 교실은 별안간 불타올랐다.

그 시끌벅적한 분위기와 반비례하여 와다의 등은 아까보다 더 작아진 것처럼 보였다. 다음 수업 종이 울릴 때까지 와다는 고개를 들지 않았다.

"와다."

방과 후, 바로 교실을 나서는 와다의 팔을 난조가 붙잡았다. 와다의 팔은 햇빛을 한 번도 받은 적 없는 사람처럼 희고 가늘었다.

"아까는 미안했어."

"응? 뭐가?"

와다는 변함없는 얼굴로 구름 위에 오를 듯 보드라운 목소리를 내었다.

"축제 회의할 때 말이야. 내가 뭐라고 한마디 해 줄걸."

"왜 네가? 애들이 날 불렀는데."

"그게 아니라, 아니, 하여튼 미안해. 개네, 진짜 재수 없지. 사람을 무슨 본보기처럼."

"상관없어. 개들은 맨날 그러잖아."

"아무리 그래도."

"게다가 마침 부글부글 끓던 참이라, 말하니까 시원해졌어."

"뭐?"

와다도 속이 부글부글할 때가 있나.

아까 들은 "엉망진창 부숴"라는 말도 와다가 했다고는 상상할 수 없었다.

"의외다."

"또 뭐가?"

"와다 네 입에서 그으런 말이, 그것도 그으런 자리에서 나온다는 게."

설명하지 않아도 와다에게는 전해진 듯하다.

"굳이 하나하나 말하지 않아서 그렇지, 나도 느낌이든 생각이든 시끌시끌하게 품고 있는데. 난조도 그럴걸?"

와다가 꿍꿍이속이 있는 사람처럼 웃었다. 자신은 와다처럼 복잡하게 생각하고 있을까? 난조는 의문을 가졌다.

앞서 걷는 와다의 짤막한 고수머리가 한들거렸다.

와다의 머리카락은 입학 당시부터 색이 연했던 탓에 두발 검사 때마다 단골손님이었다. 특히 담임인 안도는 와다의 무엇이 그렇게 마음에 안 드는지 툭하면 머리카락 색을 트집 잡았다. 대놓고 염색한 축구부 남학생은 내버려 두면서 와다만 콕 집어 괴롭혔다. 그 설교가 어찌나 집요한지 반 아이들의 반감을 샀다.

"이왕이면 나는 안도를 엉망진창 때려 부숴야겠다."

난조가 말하자 와다는 킥킥 웃고는 "안도 디스트로이."라고 중얼
거렸다.

"으악, 촌스러워."

"촌스러운 단어가 재미있어서 마음에 들어."

칭찬이 아니었는데도 와다는 쑥스러워하며 말했다.

"글쎄, 안도한테도 그 나름대로 장점은 있겠지만."

왜인지 몰라도 안도를 감싼 와다는 난조와 헤어질 때 손을 흔들었다.

난조가 혼자 남자마자 빗방울이 투둑투둑 떨어졌다. 그다음 날,
와다의 아버지가 세상을 떴다는 부고가 학교에 전해졌다.

#

아직 살아 있다.

난조는 기절해서 쓰러진 남자의 맥박을 주저주저 짚어 보고는 큰
한숨을 몰아쉬었다.

만약 죽었다면 어쩔 뻔했나. 제 인생이 이 남자 하나로 시커멓게
덧칠되는 미래를 상상했다가, 그러한 앞날을 비켜난 현실에 크게 안
도했다.

난조는 침대를 짚으며 무거운 몸을 일으켜 책상 서랍에서 이사할
때 썼던 박스테이프를 꺼냈다. 남자의 손목, 발목에 테이프를 세게 감
는다. 그러던 중 남자의 청바지 주머니에 어떤 물건이 삐죽 나와 있는

것을 발견했다.

칼이다.

칼날 길이가 십 센티미터도 안 되는 휴대용 과도였다.

남자는 이 칼로 자신을 찌를 셈이었을까.

머리가 핑 돌아서 난조는 그 자리에 쓰러질 뻔했다. 간신히 정신을
차리고 남자에게서 칼을 빼앗아 비칠비칠 침실 문으로 향했다.

방을 돌아보고 남자에게 반격당할 위험이 없음을 확인한 뒤 거실로
돌아온다. 부엌 조리대 위에 둔 휴대전화를 들고 110번(일본의 경찰 신
고 번호-옮긴이)을 누르며 심호흡했다.

가능한 한 간결히 상황을 전달하고자 감정을 정리하려 노력한다.
그러나 난조는 상황이 지금에 이르러서도 아직 제게 일어난 일에 실
감을 느끼지 못했다.

오기와라 다케시. 오 년 전, 단 한 번 마주친 남자. 그자가 난데없
이 집에 찾아왔다. 잠금장치가 설치된 공동현관을 몰래 통과해 인터
폰도 호출하지 않고 그야말로 제 집인 양 태연히 현관문을 열어 거실
까지 들어왔다.

문단속을 잊어버렸던가? 저녁 준비를 하던 난조는 갑자기 튀어나온
남자를 보고 비명도 나오지 않았다. 굳어진 몸으로 뻣뻣이 서 있었더
니 오기와라가 소리 없이 웃었다. 그는 키가 170센티미터는 되는 난조
보다도 한참 컸고, 기운 없어 보이는 인상은 그대로지만 전보다 수염이
훨씬 길어서 턱을 온통 거무튀튀한 천으로 감싼 것처럼 보였다.

"스즈카."

입은 웃고 있지만 눈은 희번덕대었고 흰자 가장자리가 약간 충혈되어 있다. 그런 얼굴로 오기와라 다케시는 천천히 난조에게 다가왔다. 난조는 식탁 반대편으로 몸을 피하려고 거리를 잰다. '도망쳐!'라는 긴급신호만 머릿속에 요란히 울렸다.

"사귀자. 다 용서해 줄게."

오기와라가 손을 펼쳐 보이며 거리를 좁힌다. 난조는 거부하는 자세로 양손을 내뻗었다.

"가까이 오지 마."

살해당한다는 생각이 떠오르기에 앞서 다리부터 풀렸다. 그 자리에 주저앉고 말았으니 다음은 무릎 꿇고 빌기라도 해야 했다.

"가세요. 제발요."

예의 구절이 뇌리에 스친 것은 그 직후였다.

울트라 새드 앤드 그레이트 디스트로이 클럽.

난조는 솟아오른 힘을 발휘해 달렸고, 골프채를 들어 남자를 물리쳤다.

수화기 너머에서 경찰은 오 분 내외로 도착한다고 했다. 이제 무엇을 해야 좋을지 몰라 거실 소파에 걸터앉은 난조는 숨을 크게 뱉었다.

이미 지나간 공포가 아직도 가까이에 도사린 듯해 몸서리가 쳐진다.

골프채를 가지러 가서, 침실을 바라보며 호흡에 의식을 기울여 들이마시고 내쉬었다. 그리고 몇 번이나 그 주문을 외었다. 울트라 새드, 앤드, 그레이트 디스트로이, 클럽.

#

와다 아버지의 고별식은 난조가 평소에도 자주 다니던 길가에 있는 장례식장에서 열렸다.

난조는 기억하는 한 장례식을 한 번도 본 적이 없었다. 그저 분향을 올바르게 할 수 있을지 어떨지가 불안할 뿐, 상을 치른다는 감각을 미처 이해하지 못한 채 영정 사진 앞에 섰다.

사진으로 보기에 와다의 아버지는 매우 다정한 분위기를 풍겼다. 손을 모으고 서 봐도, 저 사람이 와다의 부친이고 와다는 이제 아버지가 없다는 사실이 자세히 와닿지는 않았다. 다른 급우들이 영정 앞에서 훌쩍훌쩍하면서 눈물을 훔치는 모습이 난조는 부러웠다.

그러나 놀랍게도 가족석에 앉은 와다 역시 울지 않았다. 고개를 숙이고는 있었지만 눈가를 보건대 슬픔에 젖은 기색은 아니었다.

너무나도 비통한 일을 당하면 눈물조차 나지 않는 것일까.

난조는 아직 가까운 사람을 잃은 경험이 없었다. 키우던 햄스터가 죽었을 때는 엉엉 울었는데, 그보다 더한 슬픔을 당한다면 자신도 눈물이 흐르지 않을 정도의 감정에 삼켜질까.

고별식이 끝나고 난조가 모친과 함께 장례식장을 떠나는데 와다가 말을 걸었다.

"끝나고 패밀리 레스토랑에 가지 않을래?"

난조가 대답하기도 전에 옆에 서 있던 난조의 어머니가 허락했다. 어머니는 눈물을 글썽이며 천 엔짜리 지폐를 작게 접어 난조의 손에 쥐여 주었다.

"같이 갔다 와."

고별식이 끝나고 집에 돌아와 잠시 쉬다가, 평상복으로 갈아입고 자전거에 올랐다. 장례식장과 같은 길가에 있는 패밀리 레스토랑을 향해 페달을 밟았다.

해는 높이 떠 있고 바람이 습하지 않아 상쾌했다. 와다의 아버지가 이 바람 속에 녹아들어 있다는 생각이 들었다. 태풍이 근처까지 왔다는데 하늘에는 구름 한 점 없었다.

패밀리 레스토랑에 도착하니 와다는 벌써 와 있었다.

"오늘 나와 있어도 괜찮아?"

난조는 장례식이 모두 끝난 지금도 의식의 전체적인 모습을 잘 알 수 없었다. 고인의 유일한 자녀가 이런 장소에 있어도 괜찮은가? 갑작스레 죄악감과도 같은 감정에 휩싸였다.

"괜찮아. 저녁 전까지만 들어오면 된댔어."

와다는 피로와 해방감이 뒤섞인 얼굴로 청바지 주머니에서 자전거 열쇠와 휴대전화를 꺼내 탁자에 놓았다. 자전거 열쇠에는 하마를 닮은

마스코트 열쇠고리가 달려 있었는데, 그것이 공연히 와다의 아버지와
도 닮아 보였다.

나란히 드링크 바에 서서, 야채 주스 버튼을 누르며 와다는 알아
듣지 못할 말을 내뱉었다.

"뭐라고?"

"울트라 새드, 라고."

"그게 뭐야?"

"완전 슬프다는 뜻."

컵에 빨대를 꽂은 와다가 자리로 돌아간다. 그 뒷모습이 여느 때
보다도 작아 보였다.

와다 아버지는 음주운전으로 사망했다고 한다. 난조는 모친에게
들었는데, 어머니가 누구를 통해 그런 이야기를 전해 들었는지는 모
른다. 그러나 고별식에서 연단에 오른 와다 어머니가 "술을 즐기는
사람이었습니다."라고 말했으니 아마도 틀림없는 사실이리라.

"술만 마셨다 하면 난폭해졌거든."

와다는 거기까지만 말하고 아랫입술을 한 번 깨물었다.

"엄마를 때리기도 했어. 나한테는 손을 올리진 않았지만. 걸핏하
면 심부름을 시키며 시달렸지. 그래서 음주운전을 했지만 아무도 끌
어들이지 않았다는 말에, 본인이야 자업자득이니 됐고, 나는 오히려
안심했어."

괜찮은 척하려는 소리로는 들리지 않았다. 장례식장에서 와다가

울지 않은 이유도 난조는 어렴풋이 깨달았다. 그와 동시에 이 세상에는 가족의 죽음에 안도하는 가족이 있다는 현실을 처음으로 배웠다.

"그러니까 아빠 일은 딱히 새드라고 할 것도 없지만. 나 이번 일로 전학 가게 됐어."

"뭐? 왜 그렇게 되는데?"

이야기 흐름을 따라갈 수 없었다. 와다의 전학이 그 아버지의 죽음과 무슨 관계인가.

"엄마 혼자서는 벌이가 너무 적대. 그래서 집을 팔고 할머니 댁으로 들어간대."

"말도 안 돼. 언제?"

"2학기가 끝나면."

"아니, 그럼 앞으로 금방이잖아."

"금방이지."

와다는 허탈한지 소파에 축 늘어져 천장을 올려다보았다. 난조도 꼭 그런 마음이었다.

"그 얘기, 울트라 새드야."

"그렇지?"

와다는 손을 들어 점원을 부르더니 메뉴판을 보지도 않고 감자튀김을 주문했다.

2학년 E반에 와다의 전학이 알려진 것은 고별식 다음 주가 되어서였다.

담임 안도에게 불려 나온 와다가 교단에 오르니 교실은 이상하리만치 조용해졌다. 심지어 그 운동부원들도 입을 꾹 다물고 와다를 지켜보았다.

"지금 선생님이 말씀하신 대로, 2학기가 끝나고 전학을 갑니다. 장소는 오카야마현입니다."

와다는 국어 교과서를 읽는 양 담담히 이야기했다. 목소리는 변함없이 작아서 아마 제일 뒷줄에 앉은 학생에게는 들리지 않았을 터다. 그러나 아무도 와다를 놀리지 않았다. 부친을 잃고 살던 집을 떠난다. 아직 십 대인 자신들은 상상도 못 할 거대한 불행이 와다에게 덮쳤다고, 누구나가 그를 동정했다.

난조가 보기에는 우습게도 그 덕분에 와다가 교실에서 지내기 수월해진 것 같았다.

와다가 짤막하게 인사를 마치자 서글픈 박수 소리가 나직이 이어졌다. 학급위원인 와타라세가 일어나지 않았다면 박수 소리는 언제까지고 계속되었을지도 모른다. 와타라세는 와다가 미처 교단에서 내려오기도 전에 아이들에게 외쳤다.

"우리, 축제를 제대로 한번 해 보자. 와다의 울트라 새드를 날려버리자고!"

아이들은 단순했다. 와다가 무심코 입에 올린 "울트라 새드"는 난조가 교실에서 쓰고 와타라세가 전파하면서 눈 깜짝할 사이에 온 교실에 전염되었다. 그리하여 E반의 축제 상점 이름은 '울트라 새드 앤드 그레이트 디스트로이 클럽'으로 정해졌다. 축제를 성대하게 치르는 것만이 와다에게 성의를 보이는 길이라고, 학급 전원이 서로서로 다짐을 받는 분위기가 만들어졌다.

"교실에 작은 방을 하나 더 세워서 그 안에 부서져도 되는 물건을 잔뜩 가져다 놓자. 그래서 한 번에 삼백 엔쯤 내고 방에 입장한 다음, 안에 있는 건 뭐든지 맘대로 부숴도 된다고 해. 다치지 않도록 조심해야겠지만, 그것만 아니면 신나게 날뛰면서 스트레스를 푼다는 기획이지. 어때?"

와타라세가 내놓은 '울트라 새드 앤드 그레이트 디스트로이 클럽' 기획안에 반대하는 사람은 없었다. 그 뒤로 일주일간은 각자 '부서져도 되는 물건'을 학교에 가져오기로 했다.

개중에는 낙제점을 받은 시험지도 있었고, 일 년 유급한 구로다는 작년에 쓰던 낡은 단어장을 내기도 했다. 와다는 부친의 물건으로 짐작되는 조립 모형을 여러 개 들고 왔는데, 반 학생들은 아무 말도 없이 그것을 받아들였다.

어느새 학급은 힘차고 강하게 단결하고 있었다.

'#울트라 새드 앤드 그레이트 디스트로이 클럽'은 E반만의 유행어가 되어 SNS에도 자주 올라왔고, 이윽고 그 구절에 담긴 의미는 단순한 축제 주제로서의 성격을 넘어섰다. 중간고사 결과로 우는소리하는 글에도 달렸고, 놀이공원에서 찍은 단체 사진에 쓰기도 했다.

슬플 때나 화가 날 때, 기쁠 때나 즐거울 때도 감정을 증폭시키는 문장으로써 사용되며 교실이라는 한정된 공간 안에서 뚜렷한 영향력을 발휘하게 되었다.

#

그로부터 십 년이 흘렀다. 와다는 잘 지낼까?

난조는 길디긴 외래어로 조합된 문구에 담긴 뜻을 겨우 기억해 내고 옛 동창의 현재를 궁금해했다.

경찰은 아직 올 기미가 없다.

문득 생각이 미친 난조는 휴대전화 연락처 목록에서 와다라는 이름을 찾아보았다. 하지만 예전에 전화를 다급히 해약할 일이 생겨 연락처를 전부 지웠다는 것이 떠올랐다. 아무리 찾은들 와다의 이름이 나올 리 없다.

SNS에서 찾아볼까. 소파에 기대앉았던 몸을 일으켜 세우는 참이었다. 난조를 과거에서 현재로 불러들이듯 집 인터폰이 울렸다.

화면을 보니 남자 경찰관 두 사람이 건물 공동현관 앞에 서 있었다.

"남자는 어딥니까."

문을 열자마자 경찰이 불쑥 들어왔다. 거실로 데려와 놓고 난조는 집 안이 너무 더럽다는 데 생각이 미쳤다. 최소한 실내에서 말리던 빨래는 치워둘 걸 그랬나? 머릿속이 갑자기 침착해진다. 난조는 곁눈질로 속옷이 걸려 있지 않은 것만 확인하고는 침실을 가리켰다.

"저 방에 있어요."

경찰은 빠른 걸음으로 침실 문을 열었다. 오기와라 다케시는 여전히 정신을 차리지 못하고 바닥에 그대로 널브러져 있었다.

"이 테이프는 뭡니까?"

오기와라 다케시의 손목, 발목을 몇 겹으로 휘감은 박스 테이프를 가리키며 경찰관이 물었다.

"저, 제가, 했는데요."라고 대답하자 두 남자는 한순간 눈을 마주치고 비밀스럽게 웃었다. 비웃음이기도 하다는 사실을 알아본 난조는 단단히 부아가 났다.

경찰이 오기와라 다케시의 뺨을 두세 번 두드리며 깨웠다. 난조는 저들이 자신보다도 오기와라 다케시를 더욱 걱정하는 듯해 마음이 거북해진다. "일어날 것 같나요?" 하고 물으려는데 오기와라 다케시가 얼굴을 찌푸리며 느릿느릿 눈을 떴다. 코앞에 경찰이 서 있자 명백히 동요하는 모습이었다.

"멀쩡하군."이라고 살집 있는 경찰관이 말했다. 밖에도 대기 중인 경찰이 있었는지, 오기와라 다케시는 순순히 다른 경찰 두 명에게 끌려 나갔고 순식간에 방에서 사라졌다. 오랫동안 방치한 대형 쓰레기를 내다 버린 양, 거기 두었던 물건이 사라졌다는 느낌만 남았다.

오기와라 다케시가 나가는 모습을 지켜본 뒤, 아까의 퉁퉁한 경찰관이 난조에게 물었다.

"다친 덴 없으시고요?"

"예?"

그 말을 듣고서야 난조는 제 몸을 살펴볼 생각이 들었다. 그러나 일어난 일을 되짚어 보니 난조는 오기와라 다케시에게 물리적으로 공격당한 바가 전혀 없었다.

"다친 곳은, 없어요."

어쩐지 면목이 없었다.

"그러면 방에서 뭐가 망가졌든가, 저쪽이 방을 헤집었다든가 했나요?"

"그러지도, 않았네요."

대답한 순간 난조는 경찰관이 제게서 관심을 거두어 간다는 것을 선명히 느꼈다. 그는 틀에 박힌 태도로 집 안을 둘러보면서 난조에게는 눈길 한 번 주지 않고 상황을 정리했다.

"그 남자는 칼을 숨기고 갑자기 댁에 들어왔지만 그게 다였고, 그 이상 피해는 없었다. 이렇게 이해하면 되겠습니까?"

"네. 맞아요."

피해는, 없다.

한때는 죽음마저 각오했는데 피해가, 없어? 내가 칼에 찔리지 않은 이상 그 인간이 지은 죄는 고작해야 불법 침입에 그친다는 말이야? 아니면 설마 그조차 입증하기 어려우려나?

난조는 초조하고 혼란했다. 이쪽이 완벽한 피해자인데도 그렇게 받아들여 주지 않을 듯한 낌새가 보여, 마음이 실처럼 가냘파졌다.

"남자 쪽 이야기도 들어봐야 하니까요, 우선 서까지 동행해 주시겠습니까."

경찰관은 난조를 품평하듯 바라보며 말했다.

#

학교 축제까지 앞으로 이 주가 채 남지 않은 어느 월요일 조회 시간이었다.

전달할 이야기가 있다고 말을 꺼낸 담임 안도는 아무도 생각지 못한 이야기를 입에 올려 아이들의 열의에 얼음물을 끼얹었다.

"우리 반의 울트라 어쩌고 있잖냐. 못 하게 됐다."

고작 몇 초가 한없이 길게 느껴졌다. 몇몇 학생이 간신히 말뜻을 이해한 것처럼 더듬더듬 질문을 꺼냈다.

"네? 왜요?"

"누가 그러라고 했어요?"

와타라세를 중심으로 운동부원이 안도에게 덤벼들었다.

"대체 뭐가 문젠데 그래요?"

"어떻게 된 거냐고요."

그렇게 나올 줄 알았다는 듯 안도는 눈을 감고 학생들의 항의가 잦아들기를 기다렸다.

"무어, 나도 대충 예상은 했다만. 다칠 수도 있으니 위험하다는 둥, 학교니까 폭력적인 행동을 좋게 볼 수 없다는 둥, 이래저래 우려가 나왔겠지. 너희가 워낙 꺅꺅 떠들어 대니까 부모님들이 걱정하셔서 학교에 연락하셨다. 한 분도 아니고 여러 분이셨어. 그래서 선생님들도 의논을 했는데, 그렇잖나. 만약의 경우를 책임질 수 없으니 중지한다. 너희도 고등학생쯤 됐으면 무슨 뜻인지 알아듣겠지?"

처음에는 의욕도 별로 없지 않았냐며, 지금껏 한 번을 참견하지 않던 안도가 이제 와 선생다운 소리를 하는 것에, 난조와 아이들은 분노를 넘어 허탈해졌다. 아이들도 알듯이 안도는 여차할 때 결코 학생 편을 들지 않는 인간이었기에, 이번 결정을 뒤집을 방도가 없음을 난조도 깨달았다.

"남은 조회 시간은 너희들끼리 마음대로 써라. 축제 때 다른 걸 하든지, 아예 몽땅 관둘지 알아서들 정하고."

그렇게 말한 안도는 교단에서 내려왔다. 얼마간 침묵이 이어지다가 와타라세가 머리를 긁적이며 내키지 않는 듯 나와서 그 자리에 섰다.

"어쩔래? 얘기해 보자."

지난 며칠은 뛰어나게 훌륭한 단결력이 교실에 열기를 불어넣었다. 반항이야말로 진정한 청춘이라고 그들의 육신이 소리치는 듯했다. 그러나 그 유치한 열기도 학교 측의 압력에 짓눌려 싱겁게 패배했다. 학급은 철저히 사기를 잃었고, 그 결과 와다가 전학 가기 전 마지막 추억 만들기도 이대로 흐지부지되어 갔다.

#

"상대 남자가 아직 아무 말도 없나 봅니다."

경찰서 취조실은 상상과 달리 산뜻한 분위기였지만, 맞은편의 마른 경찰은 얼굴에 짙은 피로가 묻어났다.

"오기와라 다케시 씨와 만난 적이 있다고 하셨죠? 전에 사귀던 사람이에요? 그러다 둘 사이에 뭐가 있었나?"

경찰관은 앞에 놓인 자료를 휙휙 넘기며 물었다. 난조는 일순 움찔했지만 상대의 발언에 담긴 의도 때문에 화가 났다.

"저한테 원인이 있다는 말씀이에요?"

저도 모르게 되물었다. 이렇게 끔찍한 일을 겪었는데, 어째서 제가 원인이 될 만한 행동을 저질렀냐는 의심으로 이어진다는 말인가.

"아뇨, 그런 건 아닙니다. 사실관계를 명확히 밝혀야 하니까요."

경찰관은 조금 당황한 눈치로 양손을 살짝 들어 항복한다는 자세를 취했다. 다른 나쁜 뜻은 없다는 표현인가 본데, 그 태도가 난조의 호전성을 오히려 부추겼다.

"오기와라 다케시 씨는 언제 알게 되셨습니까?"

경찰관이 조금 전보다 정중한 어조로 묻는다. 이쪽이 어떻게 나가느냐에 따라 말투를 바꾸는 대응 방식도 짜증스러웠다. 그리고 오기와라 다케시와 마주치고 만 그날 일을 되새겨야 한다는 사실도 난조의 마음을 무겁게 했다.

대학교 4학년 때의 6월이었다.

당시 난조는 구직 활동에 고통받고 있었다. 빈곤 문제를 배우려고 대학에 들어갔는데, 공부는 열심히 했어도 친해진 친구는 없었다. 게다가 동아리도 들지 않고 아르바이트도 별로 하지 않은 바람에, 사교성에 속하는 능력이 거의 성장하지 않은 채 취업 전선에 뛰어들었다. 자신은 착실히 산다고 살았는데 공부는커녕 놀러만 다니던 주변 학생들이 취업에 손쉽게 성공하는 모습을 지켜보며 위화감은 깊어졌다.

6월이 되면 구직 시장에는 기업이든 학생이든 팔리고 남은 것만 나돌았다. 그날도 난조는 시나가와역에서 걸어서 이십 분은 걸리는 소규모 물류 관계 업체의 대기실에 앉아 있었다. '이 회사에 붙더라도 다니기는 싫은데.' 그렇게 생각하면서도 자리를 지키는 자신에게 비애를 느꼈다.

그 대기실에 있던 나머지 한 명의 취업준비생이 오기와라 다케시였다.

오기와라 다케시는 생명 활동에 필요한 지방까지 모조리 깎아낸 듯한 체형의 소유자로, 뺨은 어디가 아픈 사람처럼 움푹했다. 패션에

조예가 깊지 않은 난조의 눈에도 그가 입은 정장은 사이즈가 맞지 않았고 어깨, 손목, 바짓단, 어디를 보아도 천이 남아돌았다.

난조가 본의 아니게 오기와라를 관찰했듯 그도 난조를 핥듯이 지켜보았다. 지나치게 거리낌 없는 시선이었으므로 난조는 잠깐 사이에 공포마저 느꼈다.

잠시 후 오기와라가 면접실에 불려 들어갔다.

혼자서 십 분가량 기다리니 오기와라가 입언저리를 빠르게 움직이면서 방에서 나왔다. 그와 교대하는 모양새로 난조도 같은 면접실에 들어갔고, 비슷하게 십 분쯤 걸려 면접을 끝냈다. 면접 기술은 여전히 제자리걸음이었고 이렇다 할 반응도 얻지 못한 채 회사 정문을 나섰다.

하늘은 벌써 어두워지기 시작했다. 회사가 많은 데 비해 걸어 다니는 사람 수는 적었다.

오기와라에게 발길을 붙잡힌 것은 역까지 가는 길 중간에 있던 작은 공원 입구에서였다.

"죄송한데요."

헐렁헐렁한 정장을 바람에 나부끼며 오기와라는 난조 앞을 막아섰다. 짧은 머리카락을 포마드로 고정했는지, 아니면 저것이 다 땀인지는 몰라도 머리가 번들거려서 어딘지 모르게 불결한 인상을 주었다.

"괜찮으시면, 저랑, 사귀어 주세요."

발음이 샜다. 그 생각부터 들었고, 느닷없는 고백은 그저 질 나쁜 농담 같았다. 난조는 얼어붙은 미소를 얼굴에 장착하고 한 발짝 물러섰다. 남자는 다른 사람과 이야기할 때의 물리적 거리가 기이하리만치 가까웠다.

"갑자기, 저기, 그렇게 말씀하신들."

"그럼, 연락처."

남자는 170센티미터는 족히 되는 난조를 위에서 내려다본다. 긴 팔이 눈앞으로 뻗어 나왔다.

"연락처, 교환해요."

눈 깜박임이 어찌나 드문지 기계가 아닌가 싶었다. 난조 자신이 남의 흉을 볼 처지는 아니었지만, 이 남자와는 절대로 교제할 수 없다고 느꼈다. 커다란 손으로 내민 휴대전화는 액정에 빽빽이 금이 가 있었다.

"아뇨, 저는."

"연락만 좀 하자는데!"

돌연 말투가 공격적으로 바뀌어 난조는 엉겁결에 몸을 움츠렸다. 세포가 위험하다고 비명을 질렀다. 남자는 부들부들 떠는 난조에게 "그럴 생각은 아니었는데."라고 말하며 또 한 발짝 거리를 좁혔다.

"안 돼요, 죄송합니다, 못 해요."

"그냥 연락이거든?"

휴대전화를 흔들거리며 오기와라 다케시는 다시 한번 기분 상한 목소리로 답했다.

도망칠 수 없다.

난조는 짐작했다. 거절한다면 분명 이 남자는 제게 달려들든지 끈질기게 따라오든지 할 것이다. 그러니까 일단 연락처만 교환했다가, 곧바로 삭제하고 연락도 차단하면 된다.

"그러면, 저기, 연락처."

그것이 실수였다.

오기와라는 느닷없이 난조의 얼굴을 사진으로 찍더니 본명을 소리 내어 불렀다.

"검색하면 뭐든 다 나오고말고요."

"네? 잠깐만요!"

"인스타도 하시네. 와, 이것 봐라? 하하하. 어, 도쿄 사람이 아니구나. 이 울트라 어쩌고 태그는 뭐지? 쓰는 사람이 아무도 없는데, 후후."

난조의 신상이 눈앞에서 까발려졌다. 주머니에 넣어 두었던 휴대전화가 여러 번 진동하기에, 각종 SNS에 팔로우 요청이 들어왔음을 알았다.

화면에서 눈을 뗀 오기와라 다케시는 "너무 좋네요."라는 말을 남기고 역 쪽으로 걸어갔다.

날은 완전히 저물어 공원 가로등이 흐릿하게 지면을 비추었다. 난조는 공포의 윤곽을 또렷이 인식했다. 오기와라에게 따라붙어 전부 되돌리고 싶었지만, 그럴 용기는 털끝만큼도 솟지 않았다.

"거, 보기보다 훨씬 위험한 인간 같네요."

경찰관은 무슨 영화 예고편이라도 본 양 감상을 내놓았다.

난조는 당시 느꼈던 섬뜩한 기분에 또다시 사로잡혀 소름이 불뚝불뚝 솟아 있었다.

"SNS 계정은 그날 안에 전부 지웠고요, 전화도 다음 날 해약했어요. 그때는 본가에 살았으니까 집까지 찾아오지는 않았지만, 얼마나 무서웠는지 몰라요."

난조는 오기와라가 숨겨 들어온 칼을 떠올렸다.

망집에 사로잡힌 듯한 눈동자를 생각하면, 이쪽이 차근차근 설득한다고 해도 아무런 의미가 없을 것 같았다.

"어쨌든 저쪽이 뭐라도 말을 꺼낼 때까지 기다려 주시겠습니까?"

그런 말을 남기고 남자 경찰은 취조실을 나갔다.

유난히 쌀쌀한 밤이었다. 게다가 두려움까지 겹쳐 몸이 식었다. 제 편은 하나도 없는 듯한 이 장소에서 난조가 생각해 낸 사람은 역시나 와다였다.

와다를 만나고 싶다.

딱히 할 말이 있어서는 아니지만 어쨌든 와다와 만나고 싶다.

그러한 바람만이 비극으로 가득한 이 하루를 아슬아슬하게 지탱하고 있었다.

#

"진짜 하고 싶었는데. 울트라 새드."

해 질 무렵이었다. 축제 뒤풀이가 한창인 체육관을 등지고 오른쪽 옆에서 걷던 와타라세가 기지개를 켜며 말했다. 그러자 왼쪽 옆을 걷던 와다가 곧장 쏘아붙였다.

"울트라 새드 앤드 그레이트 디스트로이 클럽이라고 해."

"와다는 왜 맨날 풀네임을 강요해?"

"울트라 새드라고만 하면 슬프기만 하고 끝이잖아. 그 뒤에 그레이트 디스트로이하니까 의미가 있는 건데."

와다는 변함없이 목소리가 작았지만 어딘지 모르게 즐거운 말투였다.

2학년 E반의 축제는 눈에 띄는 파란도 무엇도 없이 이틀간의 일정을 마무리했다.

결국 '울트라 새드 앤드 그레이트 디스트로이 클럽'은 중지되고, E반은 이를 대신해 '거대 두더지 잡기'를 선보였다. E반 학생들이 직접 만든 두더지 인형 옷을 입고 구멍에서 번갈아 튀어나오면, 손님이 골판지로 만든 거대 망치를 휘둘러 잡는다는 기획이었다. E반의 열기는 되살아나지 않았고, 두더지 역할이나 상점 당번으로 나서는 학생도 몇 명 없었다.

난조의 경우 축제 첫날은 바로 집에 돌아가고 둘째 날만 와다와 함께 교내를 돌아보았다. 아예 학교 축제 자체에 흥미를 잃은 난조의 눈에는 나머지 모든 기획이 유치하고 저질스러워 보였는데, 그러한 시각이 질투에서 기인했음을 깨닫고는 자신이야말로 한심한 저질 인간이라고도 생각했다. 함께 다닌 와다는 예상외로 현장의 명랑한 분위기를 즐기는 듯하여, 난조는 더욱 김이 샜다.

"와다는 의외로 잘 즐기더라."

옆에서 걷던 와타라세가 즐거운 듯 말했다. 와다와 둘이 돌아가려고 하는데 와타라세가 따라붙었다. 난조는 학급위원이며 축구부 인기 선수인 와타라세가 후야제도 가지 않고 자신들을 따라오는 것이 이상했지만, 와다는 그리 싫지 않은 모양이니 내버려 뒀다.

"그냥. 어차피 이제 전학도 가는데, 마지막은 놀아 보자? 그런 심리?"

"넌 진짜 말도 섭섭하게 한다."

와타라세는 불퉁히 대꾸했다. 난조도 그때만큼은 와타라세의 마음에 공감했다.

"그건 그렇고 배고픈데. 뭐 먹으러 가자."

와다는 와타라세의 말을 무시하고 배를 문지르더니 난조를 보았다.

"그럼 뒤풀이 겸 와다 송별회로 할까?"

"그걸 왜 와타라세가 정해? 게다가 뒤풀이는 무슨 뒤풀이."

"뭐 어때. 이렇게나 울트라 새드한데 뒤풀이건 뭐건 하자, 좀."

그때가 되어서야 이해되었다. 와타라세는 말하자면 벽이 없는 인간이다. 곱게 성장해, 누구나 자신을 사랑한다는 굳은 자신감과 누구에게나 발휘되는 다정함을 겸비한 인간. 그런 사람이 세상에 더러 있노라고 난조는 반쯤 억지로 이해했다.

송별회도 겸한다고 하니 난조와 와타라세가 와다에게 저녁을 대접하게 되었다. 와다의 희망은 이 학교 학생이라면 누구나 한 번은 가봤다는 아부라소바집 '유멘테이'였다

와다는 이제껏 이 가게에 온 적이 없다고 했다.

"거짓말! 우리 학교에서 그런 녀석은 처음 봐!"

"와타라세. 너무 나갔다."

"아니, 진짜로! 와다, 너 진짜로 특이하다. 솔직히 지금까지 실수한 거야. 이대로 오카야마에 갔다간 두 번 다시 못 먹을 뻔했네? 이야, 얼마나 다행이야."

"와타라세는 왜 그렇게 바보 같아?"

난조가 한마디 하자 와다도 즐거운 듯 웃었다.

유멘테이에 도착해, 와타라세는 축구부원이면서 중 사이즈 식권을 뽑았는데 와다는 처음이라면서 보통 사이즈의 두 배나 되는 더블 곱빼기를 시켰다. "후회할 텐데. 남기지 마라."라고 와타라세가 와다에게 충고하는 사이 난조는 중 사이즈 식권 버튼을 눌렀다.

셋이 나란히 카운터 자리에 앉아서 아부라소바를 먹었다.

와다의 조그마한 얼굴에 대니 아부라소바 더블 곱빼기 그릇은 어

찌나 커다란지, 와타라세는 그 모습을 사진으로 남기며 웃었다. 와다는 굉장히 버거워했지만 혼자서 더블 곱빼기를 깨끗이 비워 난조마저 놀라게 했다.

어째서인지 그 시간이 가장 평화롭고 행복했노라고 난조는 기억하고 있었다.

곧 떠나갈 와다를 사랑스럽게 여기면서, 순식간에 흘러가는 행복한 시간을 어떻게든 늦출 수 없을지 고민하던 시절이었다.

#

그때 와다의 먹성은 흡사 굶주린 야수 같았다. 그 기억에 난조는 웃음이 날 뻔했다. 왜 또 예전 일이 생각났나 했더니만, 지금의 자신이 당시의 와다만큼이나 배가 고파서였다.

휴대전화를 보니 시각은 밤 열한 시를 지나고 있다. 평소 같으면 이불에 누워서 묵힌 드라마를 보고 있을 시간이다.

자신은 왜 이런 곳에 있는가.

난조는 아까 경찰에게 들은 이야기를 떠올렸다.

"오기와라가 불법침입을 인정했습니다. 살의는 없었지만, 혹시 저항할지 모르니 칼을 가지고 있었다는군요."

그전까지 담당하던 경찰과는 다른 사람이 설명해 주었다.

"협력 감사드립니다. 다시 연락드릴 수도 있는데 일단 오늘은 돌아가셔도 좋습니다. 댁까지 모셔다드릴게요.”

　경찰관은 머리를 숙였지만, 난조는 이 사내들에게서 일 초라도 빨리 멀어지고 싶었다. 경찰이 온 뒤로 줄곧 숨통이 틀어막힌 감각을 느꼈다.

　아직 전차가 끊기지 않았으니 괜찮다고 말하고는 즉각 의자에서 일어나 그곳을 뒤로했다. 그리고 현재, 잘 모르는 밤거리를 혼자 걷고 있다.

　주위는 빛을 빨아들인 양 어둡고, 밤바람은 가을이 깊어졌다고 전했다. 조금 더 따뜻하게 입고 나왔으면 좋았겠다는 후회가 고개를 들었지만, 집에 경찰이 와 있는데 여유롭게 채비를 차릴 틈이 있었겠는가.

　배가 꼬르륵 소리 내며 몸 주인의 건강을 증명한다. 저도 퍽 대담한 구석이 있다. 그때의 와다도 이런 마음이었을까.

　밥이라도 먹어야지, 못 해 먹겠어.

　난조는 열일곱 살 와다가 그렇게 말하는 소리를 들은 듯했다.

　휴대전화를 꺼내 쥐고 지도 어플을 켠 채 움직였다.

　지도는 길을 따라 쭉 걸어가다가 중간에 있는 상점가에서 오른쪽으로 돌아가면 역이 나온다고 설명했다. 난조는 지도의 지시를 따라 차가 드문 이차선도로 옆을 천천히 걸어갔다.

　집까지는 직선거리로 도보 삼십 분 정도라고 적혀 있었다. 고작 삼십 분을 떠나왔는데 경치가 이토록 낯설어지며 다니는 사람을 불안하게 만든다.

상점가에 들어섰지만 가게는 대부분 닫혀 있고 활기가 없었다. 가끔 남자가 지나쳐 갈 때면 난조는 오늘 일을 떠올리고 몸을 쇠처럼 단단히 하며 언제든지 도망칠 수 있게끔 힘을 주었다. 그것을 몇 번이나 반복하다 보니 피로가 쌓여서 그냥 경찰차로 바래다 달랄 것을 그랬다며 자신의 선택을 후회하기도 했다.

바로 그때 난조의 눈에 '유멘테이'라는 글자가 뛰어 들어왔다.

어두운 상점가에 오직 한 집, 수많은 전구를 반짝반짝하게 밝힌 가게가 있었다. 붉은 간판에 광택 나는 굵직한 붓글씨로 쓴 가게 이름은, 틀림없이 고교 시절에 다니던 그 유멘테이가 아닌가.

난조는 문득 꿈속에 들어온 것 같았다. 그러나 다시 살펴보면 이 가게가 자신들이 다녔던 그 '유멘테이'와 구석구석 똑같지 않다는 것쯤은 금세 알 수 있었다. 위치도 다르고 가게의 구조도 약간 다르다. 다시 말해 고등학교 때는 개인 가게인 줄 알았던 유멘테이가 사실 체인점이었다는 진실이 지금 만천하에 밝혀진 셈으로서, 난조는 마치 제 이상의 세계가 소리 없이 무너져 내리는 것처럼 마음이 허전해졌다.

그래도 가게에 들어선 이유는 아무래도, 십 년 전의 그 가을날과 마찬가지로 처량한 오늘 하루를 모조리 먹어 치워 주마는 생각에서였다.

난조는 식권 발매기 앞에서 그날의 와다처럼 아부라소바 더블 곱빼기를 누르고 맥주도 큰 잔으로 식권을 샀다. 그날과 달리 오늘은 혼자다. 그래도 십 년이라는 세월이 흘러 자신은 도쿄에 있고, 울트라 새드한 상황을 그럭저럭 해치우고서 여기에 있다. 더블 곱빼기를 어떻게든 싹 비우겠다고 다짐하고도 있다.

난조는 와다에게 그것을 전하고 싶었다.

십 년 사이에 별별 일을 다 겪었고 오늘도 하여간 끔찍했다. 하지만 그날처럼 나는 여전히 나라고 와다에게 말하고 싶었다.

그래서, 십 년 만에. 난조는 인스타그램에 들어가 검색창에 어떤 글을 적어 넣었다.

#울트라_새드_앤드_그레이트_디스트로이_클럽

아무것도 걸리지 않을 거라고, 거의 기대 없이 입력했다. 그 시절의 게시물이 남아 있다면 재밌겠다는 생각에, 그저 작은 위안을 기대하며 검색해 보았다.

당연하지만 검색되어 나온 글은 하나도 없었다. 과거는 과거일 뿐, 현재에서 접속하려 하지 말라고 배운 느낌이다. 애초에 기대하지 않았는데도 하염없이 쓸쓸해졌다.

앞쪽에서 맥주를 따라 주었다. 점원은 투 블록 스타일로 깎은 머리카락을 부분부분 파랗게 물들인 사람이었다. 그 가게에 이런 점원은 없었다. 역시나 이 가게는 그 '유멘테이'와 비슷하면서도 다른 장소다.

난조는 잔에서 찰랑이는 맥주를 단숨에 절반쯤 들이부었다. 텅 비어 있었던 위장에 자극이 가해져 조금 아픈 듯 말 듯했다. 긴장이 아직

풀리지 않았는지, 아무리 많이 마셔도 취하지 않을 것 같았다.

삶은 면의 향기가 공복을 더욱더 부추겼다. 빨리 달라고 조를 생각은 아니지만 카운터에 몸을 내밀고 조리 과정을 구경하려고 했다.

그때였다. 또래 여자가 등 뒤의 좁다란 통로를 지나 출구로 나가려고 했다. 난조는 허둥지둥 의자를 앞으로 당겨 여자가 지나갈 만한 공간을 만들었다. 여자는 고개를 살짝 숙이다 말고 목소리를 내었다.

"난조?"

가늘고 높은 목소리였다. 난조는 익히 아는 그 울림에 당황하면서 뒤돌아본다. 말한 사람의 얼굴을 머뭇거리며 확인하니, 그곳에는 십 년 후의 와다가 있었다.

전학을 가서 같은 학교에 다니지 못하게 된 와다가 십 년이 흐른 지금 눈앞에 있었다. 전에도 색이 옅었던 머리카락은 아예 탈색해서 금발이 되었고, 귀에는 피어스가 연골에까지 잔뜩 박혀 있었다. 그래도 와다의 얼굴은 그때 그대로였다. 자그마한 몸집에 손이 희고 작은 와다가 난조의 눈앞에 서 있었다.

"이게 웬일이야! 놀라워!"

"그러게, 놀랐어. 진짠가?"

"진짜로, 진짜? 저기 뭐야, 지금 바빠?"

"아니, 괜찮아. 지금 집에 가려고."

허둥대는 난조가 재미있는지 와다는 웃었다. 그 웃음을 보니 와다가 맞다는 확신이 들어 난조는 마음을 놓았다.

"있지, 미안, 내가 일단 이 아부라소바를 최대한 빨리 먹을게. 그 때까지만 기다려 줄래?"

"뭐니, 그거 곱빼기잖아."

와다는 카운터 테이블에 놓인 난조의 아부라소바를 보고 웃었다.

"곱빼기여도 진짜 후다닥 먹을 수 있어. 응?"

"멋진데? 그럼 담배 피우면서 기다릴게."

"정말 정말 고마워! 한입에 끝낼게!"

난조는 나무젓가락을 들고 힘차게 반으로 가른다. 머릿속에는 다시 한번 그 말이 모습을 드러냈다.

울트라 새드 앤드 그레이트 디스트로이 클럽.

#

"그 얘기 들었냐?"

3학기 시업식 날이었다.

난조가 와다 없는 E반 교실에 들어서는데 와타라세가 심오한 표정으로 자리에 찾아왔다.

"무슨 얘기?"

"안도 말이야."

새해에 학교에서 보호자 앞으로 연락이 있었다. E반은 충격에 빠졌다. 난조 반 담임이었던 안도가 2학기를 끝으로 급히 퇴직한다는 것이었다.

E반 학생들의 라인(LINE) 단체 채팅방에도 안도의 퇴직 사유에 대한 억측이 떠다녔다. 당연하지만 정답을 아는 이는 아무도 없었고 하룻밤 지나니 소동도 어지간히 진정되었으므로, 난조는 와타라세가 대뜸 그 이야기를 꺼낸 것이 의아했다.

"설마 안도가 그만둔 이유를 알았어?"

말을 미처 맺기도 전에 와타라세가 입술 앞에 검지를 세웠다.

"아마도 사실인가 보더라고."

와타라세는 목소리를 죽여 이야기했다. 뒤이은 말에 난조는 제 귀를 의심했다.

"와다랑 안도가 사귀었대."

와다와 안도가?

단체 채팅방에서 오가던 억측보다도 터무니없다고 난조는 생각했다. 그만큼 현실감 없이 기막힌 이야기였다. 그 둘이 사귀었다고?

"사귀어? 무슨 소릴 하는 거야?"

아무리 그려 보아도 전혀 그림이 나오지 않는다. 상상하니 역겨운 느낌마저 들었다.

"말이 되는 소리를 해. 거짓말도 그럴듯해야 속지."

그러나 웃어넘기는 한편으로 난조는 머릿속에서 와다의 옛 발언을 되짚고 있었다.

─글쎄, 안도한테도 그 나름대로 장점은 있겠지만.

설마 어쩌다 한 번 감싼 것이 아니라, 일반 학생과 선생이라는 관계를 넘어섰기에 흘러나온 와다의 진심이었나?

"아니, 아무리 그래도 무리지. 아닐 거야. 그럴 리가 있나."

두발 검사만 해도 그렇다. 안도는 와다를 그렇게나 쥐 잡듯이 잡았더랬다.

난조가 딱 잘라 말하자 와타라세는 눈을 가늘게 뜨고는 엉뚱한 곳을 쏘아보며 물었다.

"그것도 일부러 더 괴롭힌 게 아니었을까? 일종의 위장술처럼."

"좋아하면서 그렇게 태도를 손바닥 뒤집듯 할 수 있어?"

"안도 같은 인간은 그럴 수 있지."

"흥. 기분 나빠. 아니, 그것도 편견이야. 어쨌든 아니라고. 그 두 사람은 아냐."

난조가 단언했다. 그러지 않으면 와다를 의심할 것만 같았다.

"그럼 너는 뭐 아는 거 있어?"

기분이 상한 듯한 와타라세가 물었다.

"아니, 나도 모르지만. 이거 하나는 알지. 와다는 그럴 애가 아니야. 참나, 어디서 그런 말이 나왔어?"

"그것까지는 몰라. 하지만 와다가 교무실에서 선생들한테 말했대."

"뭐라고?"

2학기 종업식이 끝난 뒤였다고 한다.

일단 하교했던 와다는 오후에 모친과 다시 학교에 나왔다. 이사 전에 학교 측과 마지막으로 인사를 나눌 약속이 잡혀 있었다는 모양이다. 마침 회의를 마친 직후라 교무실에는 많은 교사가 남아 있었다.

와다 어머니는 정중히 인사하고 와다에게도 인사드리라고 재촉했다. 와다는 심드렁한 얼굴을 하고 한 발 앞으로 나와서 잠시간 침묵했다.

침묵이 너무 길어지기에 안도는 와다를 다그쳤다. 무슨 이야기든 해도 된다고, 분명 그리 말했다.

그 말이 방아쇠를 당겼다.

—저는 안도 선생님 댁에 간 적이 있어요. 댁에 몇 번쯤 묵었고요. 놀이공원에도 같이 갔습니다. 드라이브해서 바다를 보러 간 적도 있네요. 라인도 맨날 주고받았어요. 저는 사귀는 사이라고 생각했습니다. 전학을 가면 같은 학교의 선생님과 학생 관계에서 벗어나니까, 조금 더 마음 편히 만날 수도 있겠다고 기대했어요. 하지만 이 사람은 저 말고도 애인이 있다더라고요. 저보고도 행복해지라고, 자기 좋을 대로 떠들었습니다. 절 있는 대로 가지고 놀더니 마음까지 무참히 짓밟더군요. 선생이기 이전에 인간으로서 최악이었다고, 배우고 갑니다.

"안도, 디스트로이."

난조가 중얼거리고 와타라세도 가만히 고개를 끄덕였다.

"그 녀석 나름대로 복수한 걸지도 몰라. 학교 사람은 아무도 모르게, 제일 친한 난조한테도 들키지 않게 내내 조심조심 만나다가 갑자기 배신당한 셈이잖아. 그야 당연히 폭발하고도 남지. 하, 그런데 그걸 진짜 저지르는 용기가 말이야.”

와타라세의 이야기를 들으며 난조는 또다시 와다가 남긴 말을 생각했다.

엉망진창 부숴 버리지 그래.

그 말은 교실 안에 존재하는 계급에 대한 불만이나 자신들이 끌어안은 문제를 풀 열쇠로 준비되었던 것이 아니라, 안도와 자신의 비밀스러운 관계에 대한 해답으로서 와다가 내놓은 것이었을까?

“난 말야. ‘그레이트 디스트로이’가 바로 지금, 안도도 없고 와다도 떠난 우리 3학기 교실을 가리키는 말이 아닌가, 자꾸만 그런 생각이 든다.”

와타라세가 시업식 특유의 흥분에 감싸인 교실을 보며 말했다.

그렇게 치면 ‘울트라 새드’는 와다 아버지의 죽음이나 와다가 이 땅을 떠나야만 했다는 사실을 가리키는 말이 아니라, 와다로서는 숨길 수밖에 없었던 안도를 향한 사랑을 표현하는 말일까?

난조는 생각을 입으로 옮기지 않고 한숨을 푹 쉬었다.

“뭐가 됐든 이미 늦었어. 와다는 이제 없는걸. 우리끼리는 풀 수 없는 문제야.”

#

큰 강이 흐르고 있다. 강 근처 공원에는 난조와 와다밖에 없었다.

저 멀리, 좌우 강변에 한 발씩 걸치는 모양새로 다리가 놓여 있고, 양 끝에서 달려온 전차가 다리 위에서 서로 엇갈려 지나갔다. 전차 달리는 소리가 희미하게 들려올 뿐으로 그 밖에는 밤이 모두 집어삼킨 듯 고요했다.

"십 년 만이네."

난조는 쑥스러워 와다와 눈도 제대로 마주치지 못했다. 하필이면 오늘 떠올렸던 수많은 기억을 본인에게 어떻게 전달하면 좋을지, 생각만 해도 온몸이 열기를 띠고 사랑에라도 빠진 양 간질거렸다.

"십 년이라. 난조는 그대로인데."

담배를 피우며 와다가 웃었다. 역시나 예전 그대로의 와다였다.

"설마 곱빼기를 먹을 줄은 몰랐을 텐데?"

"나도 먹은 적 있는데, 뭘."

"정말? 와다야말로 변한 게 없네."

"그거 기억하는구나? 축제 끝나고."

"그래, 그 얘기야."

기억한다. 둘이 함께 떠올릴 수 있다. 고작 그만한 일인데 난조는 감사했다.

와다더러 유멘테이 앞에서 기다리라고 해 놓고 난조는 불안해 졌다. 혹시라도 와다가 저와 있었던 추억을 전부 잊어버렸으면 어떡하지? 마음에 그런 걱정만 가득했다.

사람의 기억은 언제나 단편적이다. 여러 사람이 같은 장면을 똑같이 기억할 수는 없다.

지난 십 년 사이에 와다에게도 많은 기억이 새로 쌓였을 테고, 그러면서 고교 시절의 사소한 한때를 스르르 잊었다고 해도 이상하지 않았다.

하지만 그렇기에 더욱이.

난조는 와다가 그 시절을 간직하고 있기를 소망했다. 와다와 함께한 고등학교 2학년의 기억은 난조에게 필시 무엇과도 바꿀 수 없는 보물이었다. 별 볼 일 없는 나날이었지만, 무슨 일이 생겨도 와다와 있으니까 괜찮다고 믿었던 시간은 난조에게 아주 약간의 자신감과 용기를 불어넣었다. 그것을 난조는 오늘에야 겨우 기억해 냈다. 지난 시간이 없었다면 지금의 자신도 없었다고 확신할 만큼, 와다는 난조에게 커다란 추억을 남겼다.

"와다. 잘 있었어?"

그래서 전부 대답해 주기를 바랐다. 전학한 뒤로 어떻게 지냈는지. 지금은 어쩌다 도쿄에 있는지. 어떤 식으로 생활하는지. 고등학교 때 정말로 선생과 사귀었는지. 얼마나 오래, 얼마나 깊은 관계를 유지했는지. 어째서 나에게는 알려주지 않았는지. 떠오르는 의문이 산더미처럼 많았다. 하지만 십 년 만에 재회한 밤에 물을 만한 질문은 개중에 하나도 없었다. 그러니 저쪽에서 스스로 말을 꺼내지 않으려나, 난조는 어렴풋한 기대를 걸고 있었다.

와다는 입에서 담배를 떼고 작은 목소리로 답했다.

"건강하다면 건강하지."

발밑에 떨어져 있던 오 센티미터 크기의 돌을 와다가 걷어찼다. 세차게 날아간 돌은 금세 회전이 약해지더니 난조 앞에 뚝 떨어졌다.

"두 해 전에 결혼하면서 도쿄로 옮겼다가, 작년에 이혼했어. 그 뒤로 줄곧 이 근처에 살아. 난조는? 잘 지냈어?"

요약해서 들려주는 와다의 과거에 난조는 당혹했다. 그러나 당장은 그 이야기를 캐묻기보다 지금의 대화를 조금이라도 길게 이어가고 싶었다.

"나는, 글쎄다, 하나도 잘 못 지냈어."

난조는 별생각 없이 대답했고, 와다는 미간을 찌푸렸다.

"뭣 때문에?"

"흠. 어디서부터 시작해야 할지 애매한데. 이러저러해서 조금 전까진 경찰서에 있었어."

"뭐라고! 왜?"

난조 본인도 잠깐 잊고 있었다. 조금 전까지만 해도 정말로 힘들었는데.

그러나 와다와 만난 지금 난조는 현재에서 일어나는 일이 어찌 되어도 좋으리만큼 과거에 푹 빠져 있었다.

"있잖아, 와다. 나 오늘 온종일 네가 보고 싶었다?"

와다는 담배를 들어 올리던 손을 내리고 말없이 난조를 바라보

앗다. 밤이 깊어질수록 기온은 떨어졌고 난조는 발끝을 모아 문지르며 말을 이었다.

"정말 큰일 날 뻔했거든. 이러다 죽겠다 싶더라. 무슨 비유가 아니라 현실에서, 물리적으로 그랬단 얘기. 그런데 그 순간에 말이야, 우리 축제 때 기억해? 반에서 상점을 열기로 했던 거. 이름이 장난 아니었는데."

"울트라 새드 앤드 그레이트 디스트로이 클럽?"

"맞아! 대단하네, 기억력 좋은걸?"

"당연히 기억하지. 거의 내가 붙인 이름이나 마찬가진데."

"하긴 그랬지. 어쨌든 왠지 몰라도 머릿속에 그 이름이 계속 맴도는 거야. 울트라 새드 앤드 그레이트 디스트로이 클럽, 울트라 새드 앤드 그레이트 디스트로이 클럽……."

난조는 양손을 꼭 쥐고 몇 시간 전의 자신을 돌이켜 보았다. 허용량을 훌쩍 넘긴 공포와 마주하고 다리가 풀려 주저앉았던 제 안에서 힘이 용솟음치는 감각. 지금이라면 무엇이든 할 수 있다는 전능한 감각마저도 느꼈다.

"그랬더니 위기 탈출에 성공했지. 왜, 그 말이 되게 길잖아. 그래서 직전까지는 거의 잊어버리고 지냈는데, 이판사판으로 위기에 몰린 순간 마법처럼 떠오르더라. 와다가 그때 그런 말을 만들어 주지 않았다면 나는 오늘 죽었을지도 모르지. 내 말은 그러니까, 이렇게 만나서 정말 기쁘다는 거야! 아니, 정말로 기적이 아닐까?"

창피하리만치 흥분한 난조는 두 손을 세게 움켜쥐었다. 와다는 난조의 손을 보고 어린아이를 달래듯 미소 지었다.

"무슨 얘긴지 잘은 모르겠지만 잘 됐다는 거지?"

"응! 전부 잘 됐어!"

"그럼 다행이고. 네가 하도 흥분해서 나한테도 주먹을 날리는 거 아닌가 했네."

그들의 웃음소리가 인적 없는 공원에 울려 퍼졌다. 그 소리도 금세 밤바람에 쓸려간다. 그들 두 사람 외에는 모두 멸망하고 말았는지, 사위는 고요했다. 와다는 다시 담배를 물고 바람을 막으며 불을 붙였다.

"난조 네가 나랑 닮았다고 그 무렵에도 생각은 했지만, 역시 맞는 것 같아."

"우리가 닮았어? 키 차이만 해도 이만큼인데?"

170센티미터를 넘는 난조와 140센티미터대 초반인 와다는 서로 눈높이를 맞추기도 쉽지 않았다. 나면서부터 머리카락 색이 밝은 와다와 새카만 머리를 길게 기른 난조는 외모도 정반대에 가까웠다.

"아니, 닮았어. 어딘지 모르게 닮았다고 항상 느꼈어. 그래서 아버지가 돌아가셨을 때나 전학한 직후에도 널 많이 생각했지. 네가 와서 도와줬으면 좋겠다고. 아버지 고별식이 끝난 뒤에 패밀리 레스토랑에 간 날 기억나?"

"기억나. 와다는 야채 주스만 계속 마셨지."

"그런 건 좀 잊어버리지 그래."

또 웃음이 터졌다. 웃음소리가 그치기 전에 와다는 말했다.

"그 시절에는 불안해 견딜 수 없었고 내 편은 아무도 없다고 믿었어. 사랑을 기대한 사람에게는 배신당해 세상이 끝난 것 같았고. 말 그대로 게임 오버였지. 그런데 난조 네가, 반 애들은 주위에서 가식적인 눈물을 흘리는데 오직 너만이 나랑 똑같은 표정으로 향을 올리고 있었어. 아아, 난조다. 난조에게는 나의 절망을 조금이나마 공유해도 괜찮을지 몰라. 그런 마음이 들었지."

와다는 부드럽게 연기를 뱉어 밤하늘로 올려보냈다. 연기가 공기에 녹아드는 모습을 끝까지 지켜본 뒤에 느린 걸음을 내디뎌 난조의 손끝을 살그머니 쥐었다. 참으로 작은 손이라고 난조는 생각했다.

울트라 새드했던 우리. 비극에 휩쓸리기 쉬웠고 친구 만들기가 서툴렀고 남자 운이 나빴고 세상사 태반에 흥미가 없었던 우리. 그런데도 어떤 문제든 날려 버릴 수 있다고 믿은 이유는 당연히 와다가 있던 덕분이다. 2학년 E반 한구석에, 나의 인생에 와다가 있었다는 사실이 나를 강하게 만들었다고 난조는 곱씹었다.

막차도 진작 끊어지고 없었다. 날이 점점 추워지자 와다는 몸을 가늘게 떨었다.

"난조. 나는 내일 쉬는 날인데, 너도 아침에 일찍 나가야 하는 게 아니면 우리 집에 올래?"

"정말? 그래도 돼?"

"그럼. 여긴 너무 춥고, 근처에 마땅히 들어갈 만한 가게도 없어. 집에서 한잔하자."

난조는 내일도 출근해야 했다. 그러나 오늘 밤은 그 집에 돌아가고 싶지 않아, 와다의 초대가 진심으로 고마웠다.

"그럼 나도 내일 유급휴가 쓸까 보다."

"그렇게까지? 그럼 내가 미안한데."

"네가 뭐가 미안해. 요즘 회사도 디스트로이하고 싶었거든."

"앗, 하는 김에 우리 회사도 같이 부탁해."

키득키득 웃으며 와다는 담뱃불을 끄고 휴대용 재떨이에 버렸다.

"재결성하자. 울트라 새드 앤드 그레이트 디스트로이 클럽."

와다는 난조의 손을 단단히 쥐었다. 와다의 시린 손이 지금의 난조에게는 무엇보다도 따스했다.

#파인더_너머_나의_세계
: 기나 지렌

기나 지렌(木爾チレン)

1987년 교토 출생. 2009년, 대학 재학 중에 집필한 단편 〈녹아서 사그라들었다〉로 제9회 '여자가 쓴 여자를 위한 성인 문학상' 우수상을 수상했다. 2012년에 《정전기와 미야코의 무의식》으로 데뷔하고, 2021년에 《모두가 반딧불이를 죽이려 했다》로 큰 인기를 얻었다. 다른 저서로 《나는 서서히 얼음이 되었다》나 《신에게 사랑받았다》 등이 있다.

깊은 바닷속 같은 장소에 잠겨 있다가 아기 울음소리에 눈이 뜨였다.

흠칫하며 일 년 전에 낳은 아기를 떠올린다. 어린 시절의 나를 쏙 빼닮은 여자아이다.

머리도 산발한 채로 나는 황급히 나미를 안아 들고 밖으로 나섰다. 옆집 아주머니가 또 시끄럽다고 적은 종이를 붙일까 무서워 숨도 쉴 수 없었다.

계속되는 고된 업무로 녹초가 된 남편 요스케는 밤에 나미가 아무리 심하게 울어도 아침까지 꿈쩍하지 않는다.

집에서 조금 걸어 나와 앞에 보이는 석조 벤치에 어제처럼 걸터 앉아 나미가 잠들기를 기다린다.

8월의 온화한 밤바람이 상쾌하다.

"괜찮아."

나미에게 속삭였지만 나 자신에게 하는 말일지도 모르겠다.

"오늘은 보름달이 떴네."

달빛 아래 내 마음이 차분히 가라앉는 것과 더불어 나미의 울음소리도 잦아든다.

울음이 멈추었을 즈음, 발밑에 죽어 말라비틀어진 매미가 굴러다니는 모습이 눈에 들어왔다. 두 번 다시는 부활할 수 없는 생명을 앞에 두고 나도 모르게 탄식했다. 언제부터였을까. 매미가 죽은 뒤에도 여름이 영원처럼 계속되고, 변화라고는 없는 이 인생이 시작된 것은.

나미의 머리를 쓰다듬으며 인스타그램을 연다.

친구와 지인의 경계선에 있는 누군가의 충실한 일상을 건너다보며 이 세계에서는 불행이란 없지 않을까 생각했다.

코로나 사태가 수습된 작년 이후로는 여행 게시글이 늘었다.

#한국 #간장게장 #너무맛있어

그런 게시물에 '좋아요'를 누르면서 부러워 어쩔 줄을 모른다. 아이가 어리기도 하지만 악덕 공장에 근무하는 남편의 월급으로 해외여행은 언감생심 꿈속의 꿈이다.

돌이켜 보면 지난 삼 년 동안의 자숙 기간은 나에게 마음 편안한 시간이었다.

답답하기는 했지만 모두가 평등하게 불행한 것 같아서 마음이 놓였다. 아무도 어디로도 갈 수 없는 세계가 이대로 계속 이어지면 좋겠다고 빌었다.

물론 내가 그런 바람을 품은 줄은 아무도 모른다.

왜냐하면 내 인스타 피드에도 불행은 존재하지 않으니까.

#첫_식사(일본에서 백 일 전후 아기에게 처음으로 밥을 먹이는 축하 의식−옮긴이)

#생후_100일

#단둘이_즐기는_최후의_여행 #마음먹고_노천온천_딸린_객실

#포토_웨딩 #하나미코지(일본 교토의 관광지−옮긴이) **#벚꽃_만개**

#USJ_호러_나이트 #무서움주의 #첫_데이트

마치 죽기 전에 돌이켜보는 인생의 한 페이지처럼 행복이 스크랩되어 있다.

나는 주위를 따라가기 바빴다. 다른 사람들처럼 인생의 단계를 오르지 않았다가는 뒤에 혼자 남겨질 것만 같았다.

그러나 이제 와 생각건대 대체 누구를 따라잡으려 하였던가.

아이를 낳고 전업주부로 사는 지금이 더욱더 홀로 버려진 기분이었다.

'좋아요' 알림이 온 것은 그 뒤로 삼십 분이 흘러 나미가 잠에 든 무렵이었다.

이런 한밤중에 누구지.

멍하니 보고 있던 유튜버

미즈타마리 본드 채널을 닫고 인스타를 다시 켰다.

그러나 새로운 알림은 없다. 지난 한 달은 육아에 지쳐서 스토리도 올리지 않았고, 설마 옛 게시물을 거슬러 올라가며 보는 기특한 친구도 없을 텐데.

그러나 방금 분명히 '좋아요' 알림이 떴다.

나는 퍼뜩 생각난 계정으로 바꿔서 접속했다.

'yuu_film20'

십 년 전에 만든, 팔로워가 채 이백 명에도 미치지 않는 계정을 나는 까맣게 잊고 있었다.

알림을 확인하니 '좋아요'를 받은 글은 교탄고시의 핫초하마 해변에서 찍은 바다 사진이었고, 누른 사람은 대학 시절 사귀던 연인이었다.

'nagigram.7'

계정명을 본 순간, 아기 엄마의 증명인 양 부풀어 오른 유방 깊은 곳에서 본래 타고난 작은 가슴이 불쑥 죄어든다.

대학생이던 나의 과거를 가두어 놓은 피드에는 요즘 말로 '감성 사진'이 늘어서 있다.

푸른 하늘에 흰 선을 그리는 비행기. 폐선로에 핀 민들레 솜털. 투명한 유리구슬이 담긴 라무네 음료수병. 한밤의 편의점에서 산 파피코(한국 '빠삐코'와 비슷한 일본 빙과—옮긴이). 이발소 앞에서 돌아가는 그것. 고풍스러운 스낵바 간판.

그리고 모든 게시물에 '#파인더_너머의_나의_세계'라는 태그가 붙어 있었다.

#세상_모든_것에_의미를_두었다

답이 없는 이야기를 좋아했다.

어두침침하고 비좁은 주방이 딸린 구닥다리 아파트를 무대 삼아 해피엔딩으로 끝나지 못할 연애를 그려낸 영화를 좋아했다.

미술관에서 난해한 작품의 의미를 고심하는 것이 시간을 가장 유익하게 쓰는 법이었고, 아이튠즈에 세련된 앨범 커버가 추가될 때 쾌감을 느꼈으며, SLR(일안 반사식 카메라—옮긴이)로 틀에 박힌 세계에 향수 어린 감성을 담아내는 것만이 살아가는 보람이었다.

말하자면 대학 시절의 나는 서브컬처에 완전히 심취한 여자였다.

당연히 빠지고 싶어서 빠진 것은 아니다.

나는 열과 성을 다해 특별한 존재가 되고자 했다.

앞뒤 길이가 다른 치마나 아무도 모르는 캐릭터 맨투맨을 입고, 새파란 컬러 스타킹을 제2의 피부인 양 신고 다닌 것은 모두 특별한 나를 연출하기 위해서였다.

서점 계분샤나 가케쇼보에서 남들이 읽지 않을 법한 책을 찾아다니고, 가와라마치에 있는 찻집 수아레 2층에 올라가 보석처럼 반짝이는 젤리 펀치를 마시며 꿈을 꾸었다.

언젠가 나의 인생이 답 없는 이야기에 휩쓸리기를.

#유니클로도_MUJI도_절대_입지_않았다

십 년 전 그날은 푹푹 찌는 밤이었다.

2013년 여름, 나는 세미나를 함께 들었던 사이코에게 이끌려 가와라마치의 주점 와타미에 있었다.

"후지모리 준야라고 합니다아! 경제학부 3학년이고요. 잘 부탁합니다!"

사이코가 멋대로 준비한 학교 선배들과의 미팅 자리에 끌려간 것이다.

"돈은 선배들이 낼 거고, 넌 구석에 앉아서 감자튀김이나 뭐나 먹고만 있어도 돼!"라는 입발림에 넘어갔지만, 현장은 그럴 분위기가 아니었다.

그만두고 돌아 나올 수도 있었겠으나 대놓고 분위기를 깰 엄두는 나지 않았고, 시작하자마자 돌아갈 핑계도 마땅히 떠오르지 않았다.

"고가 유입니다. 2학년, 문학부예요. 반갑습니다."

내 차례가 돌아온다. 최소한 누구의 기억에도 남지 않게끔, 나는 입을 최대한 빨리 놀렸다.

"유는 패션이 독특하네?"

지옥 같던 자기소개가 끝난 지 얼마나 되었다고 옆에 앉은 남자가 말을 걸었다. 경제학부 3학년이라던 것밖에 기억나지 않는다.

"감사합니다."

당시에는 한지로에서 빈티지 옷을 사는 데 열중이었는데, 그날은 파란색 바탕에 흰 글씨로 원더풀(wonderful)이라고 쓰여 있고 목 부분에 귀여운 레이스가 달린 맨투맨과 아래에는 패치워크 스커트를 걸치고 있었다.

내 나름대로 신경 쓴 복장이라 설마 비꼬는 소리인 줄은 전혀 눈치채지 못했다. 게다가 독특하다는 말은 나에게 무엇보다 큰 칭찬이었다.

"유는 취미 같은 게 있나?"

고작 일 년 먼저 태어났다고 친한 척하는 말투도 그렇고, 질문을 대강 뭉뚱그리는 말본새도 그렇고, 무엇 하나 마음에 드는 구석이 없었지만 어쨌든 웃으며 대답했다.

"영화를 일주일에 다섯 편씩 봐요."

한 주에 한 번 쓰타야(TSUTAYA)에 가서, 오래된 영화를 다섯 편씩 묶어 천 엔에 빌려 오는 것이 그 무렵의 습관이었다.

"우와. 나도 영화 무진장 좋아해. 넌 좋아하거나 뭐 그런 작품이 뭐야?"

"국내 영화 중에 고르라면 〈조제, 호랑이, 그리고 물고기들〉일까요."

묻는 말투에 또 한 번 짜증을 삭히면서 대답했다.

"그런 제목은 처음 들어. 무슨 영화인데?"

턱밑까지 "뭐?"라는 말이 차올랐지만, 아슬아슬할 때 꿀꺽 삼켰다.

물론 〈조제〉가 요즘 영화는 아니다. 하지만 못해도 자칭 영화 애호가라면 〈조제〉를 모를 수는 없다.

"뭐라고 콕 집어 설명하기는 쉽지 않은데요……. 저 말고 선배는 요즘 무슨 작품을 재미있게 보셨어요?"

〈조제〉의 매력은 말로 표현할 수 없는 영역에 있다.

속이 뒤집힐 것 같았지만 나는 애써 미소를 유지하며 이야기를 들었다.

"요즘 본 것 중엔 〈테르마이 로마이(고대 로마인이 현대 일본 목욕탕으로 시간여행을 하는 내용—옮긴이)〉였나. 난 원작도 봤는데 설정을 충실하게 재현했더라. 숨도 못 쉬고 웃었어."

내 기억이 맞다면 작년 영화였다.

"캐스팅이 절묘했죠."

무난한 대답을 골랐지만 이쯤 되니 굳어진 얼굴을 감출 수도 없었다. 〈테르마이 로마이〉가 나쁜 영화라는 말은 아니다.

나도 원작 만화책을 사서 읽었고, 사이코가 권해서 영화도 보았다. 아베 히로시가 연기한 캐릭터 루시우스가 시간을 뛰어넘어 대중목욕탕에 떨어진 장면에서는 깔깔 웃었다.

하지만 〈조제〉를 알고 〈테르마이 로마이〉를 말하는 것과 〈조제〉도 모르면서 후자를 말하는 것은 하늘과 땅만큼 차이가 났다.

"그러면 저기, 요즘 본 게 아니라도 되니까, 인생 영화로 꼽는 작품은 뭔가요."

설마하니 로마이(이름이 기억나지 않으니 속으로 그렇게 부르자)가 좋아하는 영화가 궁금해서는 아니었다.

나는 아마도 분노에 가까운 이 감정을 다스릴 셈으로 물었다.

"최신 영화를 빼면 그야 물론 〈쥬라기 공원〉 아니겠어?"

영화 팬이 1위로 꼽기에 손색없는 작품이었다. 누가 뭐래도 〈쥬라기 공원〉은 명작이다.

장대한 배경 음악이 깔리면서 박사 일행 앞에 브라키오사우루스가 등장하는 장면은 잊을 수 없다.

"그러네요. 최고였네요. 아, 저 잠깐 화장실 좀."

그러나 그때의 내가 바라던 대답은 아니었다.

적어도 〈쇼생크 탈출〉이라는 답이 돌아왔다면 나는 대화를 이어 나갔을지도 모른다. 브룩스와 까마귀 제이크 사이의 인연에 대하여, 그 아름다운 마지막 장면에 관하여 이야기를 나누었을지도 모른다.

아니, 그렇지도 않나.

설령 상대가 무어라 답한들, 그저 단편적인 연장 조치에 불과했다. 선배라는 지위만 믿고 거들먹거리는 데다 끝이 삐죽한 구두를 신고 나온 이 남자의 이름을 나는 기억할 가치조차 느끼지 못했다.

그가 〈조제〉를 모른다고 말한 시점에 내 세계의 주민으로 받아들이기를 거절했다.

화장실에서 돌아오니 로마이와 사이코가 좋아하는 연예인에 관해 이야기꽃을 피우고 있었다. 아마도 영화 이야기가 가지를 뻗은 끝에 세계에서 가장 흔해 빠진 화제에 다다른 모양이다.

"그나저나 사이코 말야, 우에토 아야랑 닮았다는 얘기 들어봤지?"

흑심이 그득한 손가락이 사이코의 날라리처럼 밝은 갈색 머리카락을 만지는 순간 나는 깨달았다.

로마이는 우에토 아야가 나오니까 〈테르마이 로마이〉를 본 것이다. 원작도 대충 만화 카페 같은 곳에서 읽었고, 〈쥬라기 공원〉도 어린 시절 금요 로드쇼(일본의 TV 영화 방송-옮긴이)에서 재미있게 보았던 것을 기억하는 정도가 분명했다.

부러 파고들지는 않겠지만 틀림없이 그랬다.

"우에토 아야요? 그런 말은 처음 들어요. 앗, 유는 연예인 중에 누가 좋아?"

사이코는 화장실에 다녀온 뒤로 내가 한마디도 하지 않은 것을 염려해서는 아니고, 단순히 제가 부끄러워서 이야기를 돌리느라 이쪽에 말을 붙였다. 믿을 수 없지만 저 나긋나긋한 어조를 보건대 사이코는 로마이를 마음에 두고 있었다.

"마쓰야마 겐이치."

이타오 이쓰지(일본의 배우 겸 영화감독, 1963년생-옮긴이)라고 할까 망설였지만 분위기가 애매해질 테니 마쓰야마로 해 두었다.

"L 역이었지?"

"완전 오랜만에 들어요."

두 사람이 〈데스 노트〉의 감자칩 장면을 놓고 유난을 떠는 옆에서 〈남의 섹스를 비웃지 마〉 때의 마쓰야마 겐이치라고 하자니, 이제는 제목이고 뭐고 아무 말도 하기 싫어졌다.

그 뒤로 나는 풋사과 사워를 한 손에 들고 식은 감자튀김을 케첩에 찍어 우물대면서, 야마자키 마리(만화 《테르마이 로마이》 원작자-옮긴이) 작가님은 원작에 없고 영화에만 나오는 우에토 아야의 히로인 역을 어떻게 보았을까, 모임이 끝날 때까지 일없이 생각에 잠겼다.

#중증_서브컬처녀로_살았다

미팅이 끝나고 사이코는 나에게 말도 없이 어느 틈에 로마이와 함께 사라졌다. 원래도 자기 생각만 하는 아이라는 점이야 알고 있었으니 차라리 후련했다.

그보다는 더치페이 때문에 화가 났다.

그날 나는 미팅에 두 번 다시 나가지 않기로 맹세했다. 삼천 엔이나 들여서 쓸데없는 잡담에 시달리며 기분만 상한 셈이었다.

그건 그렇고 사이코는 로마이의 어디가 마음에 들었을까, 나는 전혀 이해할 수 없었다. 소위 훈남 축에는 들었지만 무엇을 섭취하며 살아가는지 궁금해질 만큼 내면이 텅텅 빈 사람이었다. 애당초 미팅에 득달같이 달려 나오는 남자에게 매력이 있을 리 없다.

파트너를 고르는 기준이 저토록 낮다니, 나는 부러움마저 느끼며 땅이 꺼질 듯 한숨을 내쉬었다.

사람은 도대체 어떤 과정을 거쳐 사랑에 빠지는가.

로맨스 영화만 보면 애인을 만들고 싶어져서 새로운 만남을 기대하는 내가 있지만, 내가 꿈꾸는 사랑이 주점 와타미에서 싹틀 일은 아마 없을 것이다.

"집에 가자."

아이폰에 이어폰을 꽂고 아지캉(Asian Kung-fu Generation, 일본 록밴드-옮긴이)의 〈Re:Re:〉를 들었다.

술자리 뒤에는 지하철을 타지 않고 음악을 들으며 걸어서 돌아가는 것을 좋아했다.

좋아하는 연예인 이야기를 하기보다 이처럼 밤바람을 맞으며 홀로 음악을 듣는 것이 훨씬 즐거운 나는 이상한 사람일까.

〈조제〉도 모르다니 그 얼마나 어리석고 안타까운 인생인가. 그렇게 생각하는 내 쪽이 오히려 세계와 어긋난 존재일까.

가와라마치를 벗어나 가모강으로 내려갔다. 이어폰에서는 쿠루리(Quruli, 일본 록밴드-옮긴이)의 〈하이웨이〉가 흘러나왔다.

내가 여행에 나서는 이유는 어림잡아 백 개쯤 돼
첫 번째는 여기에 있다간 숨이 막힐 것 같아서
두 번째는 오늘 밤 달이 나를 유혹하니까
세 번째는 '운전 면허를 따 볼까?'
그런 생각을 한다는 것

몇 번이나 들으며 외운 가사를 흥얼거리며 시조에서 산조 거리로 이어지는 가모강 강변길을 따라 걷는다.

강물에 반사된 밤의 불빛이 예뻤다.

"조제!"

혹시라도 그때 줄 이어폰이 아니라 노이즈 캔슬링 이어폰을 끼고 있었다면 나는 그의 목소리를 듣지 못했으리라.

이 이야기가 막을 올리지도 못했으리라.

목소리가 들린 쪽을 돌아보자 문고본을 들고 가모강 기슭에 앉아 있는 남자가 보였다.

"방금 거, 조제 호랑이 주제곡이지."

에스닉룩으로 몸을 감싼 남자는 이른바 샤프트 각도(턱을 쳐들고 옆눈으로 내려다보는 자세─옮긴이)에서 도발적인 눈길로 나를 바라보며 득의양양하게 말했다.

나와 동갑이거나 조금 연상일 듯하다. 옆얼굴이 언뜻 마쓰야마 겐이치를 닮았다.

"맙소사!"

그러나 내가 비명을 올린 이유는 마쓰야마 겐이치와 닮아서도 아니고, 어느샌가 큰 소리로 부르고 있던 〈하이웨이〉가 〈조제〉의 주제곡이라는 사실을 남자가 알고 있었기 때문도 아니었다.

그 남자가 《조제》 소설을 읽고 있었다.

영화 원작인 이 단편 소설도 걸작이라는 사실은 말해 보았자 입만 아프다.

"조제 호랑이, 좋아하세요?"

술기운 덕분인지, 혹은 밤의 가모강에 그런 힘이 있는 것일지. 나도 모르게 그에게 말을 걸었다.

"좋아하지 않는 녀석도 있어?"

남자는 대답했다.

나는 고개를 가로저었다.

"한 가지, 꼭 여쭤보고 싶은 게 있는데요."

나는 이어폰을 빼고 그에게 말하며 강기슭으로 다가갔다.

"뭔데."

고막에 그의 목소리와 강물 소리가 곧바로 와닿았다.

"본인이 시네필이라고 주장하는 사람이 〈조제〉를 모른다고 하는데. 약간, 있을 수 없는 일이죠?"

누군가 내게 공감해 주었으면 했다.

나는 이상하지 않다고, 이상한 것은 세상이라고 말해 주었으면 했다.

남자는 책을 덮고 숨을 내쉬었다.

그리고 나를 물끄러미 보다가 고개를 깊이 끄덕이며 답했다.

"'약간'은 고사하고, 절대로 불가능해."

#그_순간_인생이_시작되었다

그것이 나기와 나의 첫 만남이었다.

"그러더니 로마이가, 요즘 본 영화 중에 최고는 〈테르마이 로마이〉였다는 거예요. 한숨이 다 나올 뻔했죠."

"그래서 '로마이'구나. 하긴 이쪽은 〈조제〉를 얘기하는데 상대방이 그러면 한숨만 나오지. 나는 최신 국내 영화 중에선 〈그렇게 아버지가 된다〉가 좋았어."

"저도요. 고레에다 감독이라고 하면 전 〈공기인형〉이 죽을 만큼 좋았는데, 본 적 있어요?"

"당연히 봤지. 이타오 배우의 연기가 일품이었어."

"그렇죠? 저도 그 뒤로 완전히 이타오 씨 팬이 됐어요."

그날 밤 우리는 가모강에 눌러앉아 좋아하는 영화를 끊임없이 이야기했다.

계절은 7월에 갓 접어들었는데 날씨가 벌써부터 덥고 습했다. 그러나 둘 다 돌아갈 생각은 없었다. 중간에 목이 말라 로손 편의점에 물을 사러 갔는데, 밝은 곳에서 얼굴을 내보이자니 왠지 모르게 부끄러웠다.

"그런데 그쪽은 왜 가모강에서 책을 읽고 있었어요?"

하늘이 조금씩 밝아지고 곧 첫차가 달릴 즈음에 나는 물었다.

그와 동시에 모르는 남자를 그쪽(원문은 '키미君'로 흔히 남자가 동년배나 손아랫사람을 친근하게 부르는 말투-옮긴이)이라고 불러 보고 싶다는 작은 소원이 이루어졌다.

밤새도록 이야기를 나누었지만 우리는 아직 상대의 이름을 몰랐다. 그가 나처럼 교토에서 명문도 아니고 밑바닥도 아닌 수준의 대학에 다닌다는 것이나, 나이도 나와 동갑인 스무 살이라는 것도.

하지만 역시 상대를 파악하는 데 지루한 질문 겨루기나 자기소개 따위는 필요치 않다고 곱씹으며 나는 정체 모를 승리감을 만끽했다.

잘 생각해 보면 〈조제〉의 주인공도 구미코라는 본명을 버리고 애인에게 '조제'라는 이름으로 부르라고 한다. 그것이 더 근사하다는 이유다.

"좋아하니까. 방을 벗어나 밖으로 나와서 이렇게 밤의 혼잡에 안긴 채 책을 읽다 보면, 내가 누군가 다른 사람의 이야기에 나오는 등장인물이 된 것처럼 느껴."

하늘을 우러러보듯 뒤로 누운 나기가 말한다.

"본인이 주인공인 이야기가 아니라?"

"응. 해 보면 무슨 말인지 알걸."

말할 필요도 없이 그때의 나기 또한 서브컬처 마니아였다.

"흐음."

체온이 대번에 오르는 것을 느끼며 나기를 내려다보았다.

"난 내일도 여기서 책을 읽으려고 하는데, 올래?"

그가 이렇게 권하리라는 사실을 이미 알고 있었으므로.

"글쎄, 그럼 그럴까."

왜냐하면 우리들은 찾아 헤매고 있었으니까.

라인 연락처를 교환하며 시작하는 것이 아닌, 우리의 이야기에 어울리는 서막을.

옆에 나란히 앉은 순간부터 이 아침이 밝을 때까지.

#산조게이한역에서_첫차로_귀가

지극히 훌륭한 영화를 봤을 때처럼 여운이 가시지 않았다.

전차 안에서 흔들리면서도, 개찰구를 지나면서도, 머리를 감으면서도, 이를 닦으면서도 나는 내내 나기를 생각했다.

침대에 누워 책장을 보았다. 어떤 책을 가져갈까. 가슴이 울렁거려 통 잠들지 못했다.

나기 생각을 멈출 수 없었다.

그야말로 사랑에 빠졌다.

어제까지만 해도 사랑이 어떻게 시작되는지조차 모르던 나는 이제 사랑의 모든 것을 알았다.

잠에서 깼을 때는 오후였다.

출석만 하면 점수를 주는 5교시 수업에 나갔더니 어제와 똑같이 한 벌짜리 꽃무늬 옷을 입은 사이코가 말을 붙였다.

"어제는 미안."

"뭐가."

더치페이 이야기인가. 아니면 말도 없이 빠져나간 데 대한 사과인가.

"헉. 진짜 화났구나? 정말 미안!"

정작 얼굴에는 미안한 기색이 없었다. 그러니 더치페이 문제가 아니라 로마이와 사라진 건이겠다.

"그러고서 로마이랑은 어떻게 됐어?"

내가 이렇게 물어보기를 바랐겠지.

"로마이?"

"아, 아니. 그게 아니고, 그 선배 이름이 뭐더라."

"후지모리."

"맞아. 그 사람 얘기야."

이름을 알게 되었어도 내 안에서는 로마이로 정착되었다.

어제는 심하게 헐뜯었지만, 로마이가 아니었다면 그런 곳에서 나기와 만나 마음을 터놓을 일도 없었으리라 생각하니 그가 갑자기 큐피드처럼 신성한 존재로 보일 지경이었다.

"그 뒤엔 뭐, 방에 가서 잤지. 아침에는 맥도널드에서 모닝 메뉴를 먹었고. 너무 재밌었어."

"뭐라. 과연 인기녀는 다르시군요."

입으로는 칭찬하면서 속으로는 멍청하다고 생각했다.

아무리 학교 선배라지만 만난 지 하루도 안 된 남자에게 금세 다리를 벌리는 것도 그런데, 무엇보다 노래 전주, 1절, 2절을 몽땅 뛰어넘고 갑자기 후렴구를 불러 버리는 부분이 심각하게 바보 같았다.

하지만 나는 사이코에게 애써 충고하지 않는다.

사이코는 내 세계를 잠시 스쳐 가는 등장인물에 지나지 않았다. 나는 다만 대학에 친구가 한 명도 없다는 상황만 회피하면 그만이었다. 바보스러운 사이코는 괜히 젠체하는 여자아이들보다 흥미로웠고, 사이코와 함께 있으면 내가 대단히 지적인 인간처럼 느껴졌다.

"에헤헤. 선배 방도 되게 멋있게 해 놨더라. 가구 같은 것도 흑백으로 통일해 놓고."

개인적으로는 배색 센스 중에 최악이라고 생각하지만 말하지는 않았다.

"사귈 거야?"

"확실하진 않지만, 아마도? 오늘도 만날 거거든."

"그래. 축하해."

잘해 보았자 섹스 프렌드 선이겠거니 생각하며 나는 손끝으로만 박수를 보냈다.

"응. 유도 얼른 남친 만들어."

"노력해 볼게."

나기에 대해서 사이코에게는 말하지 않았다.

입 밖에 내면 이야기가 헛되이 무너져 내릴 것만 같았다.

"사이코는 무슨 영화를 제일 좋아해?"

궁금해서 하는 질문이 아니다. 다만 확인하기 위해서였다.

"몰라. 그렇게 대뜸 묻는다고 바로 나오니? 아, 그치만 내 평생 제일 울었던 영화는 〈연공(최루성 학원 로맨스, 2007년작-옮긴이)〉이야."

"맞네."

나는 대꾸하며 확신했다.

역시 이 세상은 수준이 비슷한 사람들끼리 끌리게끔 만들어져 있었다.

#세카츄는_청춘이었지만(세카츄: 영화 〈세상의 중심에서 사랑을 외치다〉의 줄임말-옮긴이)

누가 그러라고 명령하지도 않았을 텐데, 가모강에는 그날도 커플이 규칙적으로 간격을 두고 줄줄이 앉아 있었다. 평소에는 오 미터 간격이지만 금요일 밤답게 이 미터로 좁아졌다.

나기는 어제와 같은 자리에 있었다. 스타벅스 컵을 손에 들고, 가모강에 뛰어드는 주정뱅이를 바라보고 있다.

그의 옆얼굴은 역시나 마쓰야마 겐이치를 조금 닮아서 내 의지와는 상관없이 가슴 고동이 빨라졌다.

"저런 걸 볼 땐 무슨 생각이 들어요?"

나는 옆에 앉아서 우리와 나이가 비슷해 보이는 술꾼 쪽을 보며 물었다.

"다른 세계의 주민이구나. 그렇게 생각해."

나기는 대답했다.

"맞아요."

이번에는 진심으로 그렇게 대답했다. 나도 사이코와 로마이를 다른 세상 사람이라고 생각했다. 바꿔 말하면 내려다보고 있었다. 같은 대학교 학생이면서.

"몇 시쯤 나왔나요?"

"방금."

"들어가서 잠은 좀 잤어요?"

"그냥저냥."

차분한 표정 뒤로 무엇을 생각하는지 확실치는 않아도 내게 조금씩 마음이 기울고 있다는 것만은 느껴졌다.

"어떤 책을 가져왔어요?"

술주정뱅이가 한층 시끄럽게 고함치는 사이사이 나는 말했다.

"《스푸트니크의 연인》."

책보처럼 생긴 가방에서 나기는 문고본을 꺼냈다.

"무라카미 하루키 소설 중에서 가장 좋아하는 책이에요."

그의 모든 작품을 읽은 것은 아니지만 그렇게 말했다.

"그랬구나. 나는 이것만 아직 읽은 적이 없었어."

나기는 입언저리에 살포시 웃음기를 띠며 "너는?"이라고 물었다.

"나는 《불타는 스커트의 소녀》."

초현실적이고 환상적이며 약간 으스스하기도 한 에이미 벤더의 단편집이다. 집에 있는 책 가운데 표지가 가장 마음에 들어서 이 책을 골랐다. 조금 까다로워 읽기 어려워서 아직 한 편밖에 읽지 않았다.

"어디서 샀어?"

"게분샤."

나는 의기양양하게 대답했다.

게분샤는 교토 이치조지역에 자리한 내 단골 서점으로 달에 한 번씩은 들르고 있었다. 베스트셀러 대중서를 들여놓지 않는 대신 보통 서점에서 볼 수 없는 책을 고르고 골라 진열해 두었다.

"거기서 파는 책은 흥미롭지. 나는 지난번에 폐허 사진집을 샀어."

분명히 그때 우리는 서로에게 제가 지루한 인간이 아님을 보여주느라 바빴다.

서브컬처 늪에서 허우적대는 것치고는 썩 대단한 전문 지식도 없고, 미대생도 아니고 교토대생도 아닌 보통 대학생이었던 우리의 열등감이 그런 형태로 표출되었는지도 모른다.

"그럼 읽을까."

"응."

"다 읽으면 감상도 얘기하자."

"책 내용에 대해서? 아니면 누군가의 이야기에서 등장인물이 되었는지 아닌지?"

나기와 있을 때 나는 항상 그럴싸한 대사를 찾으려 애썼다. 나기라는 이야기의 등장인물에 어울리는 내가 되려고 했다.

"둘 다."

나기가 어떻게 생각했을지는 모른다. 그래도 나는 나기의 입에서 나오는 간결한 단어가 견딜 수 없이 좋았다.

그러고는 헌팅을 기다리는 갸루족(독특한 패션을 즐기는 여성 집단. 남자는 갸루남—옮긴이)과 호박처럼 생긴 커플 사이에서 강기슭에 나란히 앉아 책을 읽었다.

솔직히 한 글자도 눈에 들어오지 않았다. 그냥도 어려운 책인데 집중력이 떨어진 지금은 도저히 읽을 수 없었다.

내 머리에는 온통 '어서 나기랑 단둘이 남고 싶어!'라는 잡념만 가득했다.

"오늘은 시끄럽네."

삼십 분쯤 흐른 뒤 책에서 눈을 텐 나기가 말했다.

"금요일이니까."

무의미하게 넘기던 페이지 사이에 무의미하게 책갈피를 끼우며 나는 답했다.

술에 취한 멍청이는 아직도 떠들고 있고, 갸루족 근처에는 갸루남이 쉬지도 않고 다가왔으며, 호박 커플은 남의 눈을 아랑곳하지 않고 애정 행각을 벌였다.

"그래도 나, 틀림없이 누군가의 등장인물이 되었어."

그러나 이토록 혼잡한 곳에서도 그가 한 말은 이해할 수 있었다. 지금 이 주변에 있는 사람들의 이야기 속에서는 우리가 '소설을 읽는 서브컬처 마니아 남녀'라는 인물로 등장한다는 것도 알았다.

"그렇지?"

나기가 만족스레 말한다.

"응."

우리는 그대로 잠시간 책을 덮은 채 가모강에 있는 사람들과 강물의 흐름을 관찰했다.

다른 이유는 없이 그저 다음에 이어질 전개에 대비하고 있었다.

"자리 옮기지 않을래?"

그리고 나기가 말했다.

"응."

책을 읽기 시작한 순간부터 지금까지 그 말을 기다리고 있었다.

"나 모기한테 계속 뜯기고 있어."

그것은 진실이었을 수도 있고, 이 자리를 떠나기에 가장 적절한 구실이었을 수도 있다.

"정말? 나는 한 번도 안 물렸는데."

"O형인 내가 집중 공격을 당했군."

"나도 O형인걸?"

"그럼 내 피가 더 맛있었나?"

자리에서 일어나며 나기가 씩 웃었다.

"아닐걸. 내 피가 더 맛있어."

나도 일어나 웃음 지었다.

빈 스타벅스 컵을 들고 나기는 발걸음을 옮긴다. 그 등을 따라간다. 어디로 가느냐고, 멋없는 물음은 꺼내지 않았다.

우리는 다만 적절한 장소에서 서로의 이름을 알고 싶었다.

#손은_아직_잡지_않았다

이십 분 남직 걸어 도착한 나기의 집은 방세 사만 엔짜리 구닥다리 아파트였다.

"너저분해서 미안해."

"아냐. 괜찮아."

그 허름한 분위기야말로 내가 원하던 것이었다. 어두침침하고 비좁은 부엌을 보고 환희에 몸을 떨었다. 이곳이 이야기의 무대가 될 것이라 생각하니, 가슴이 뛰었다.

내 심장 고동을 더욱 빠르게 한 물건은 낮은 밥상 위에 놓인 원고 용지였다.

"소설을 써요?"

"응."

"대단하다."

"대단치 않아."

"프로 작가가 되려고요?"

"일단은. 순문학 쪽 상에 응모하고는 있어."

"대단해."

나는 앵무새처럼 그 말만을 되풀이했다.

지금껏 내 주위에 소설을 쓰는 사람은 없었다. 게다가 지금 시대에 굳이 손으로 쓰다니. 내용을 몰라도 이미 문학적이었다.

"하나도 대단하지 않다니까, 아직은. 커피 타올게."

대단해질지도 모르는 사람과 함께 있는 것만으로도 커다란 호사였다.

가방에서 SLR을 꺼내 든다. 꿈에 그리던 광경이 눈앞에 있는데 가만히 있을 수는 없었다. 파인더 너머로 좁은 주방을 바라보았더니 인스턴트커피를 타는 나기가 보였다.

마치 한 폭의 그림과 같아서 머리보다 앞서나간 손이 셔터를 눌렀다.

소리를 들은 나기가 돌아본다.

"SLR이야?"

"응. 캐논에서 나온 Kiss 모델."

나기는 커피가 담긴 무민 캐릭터 머그잔을 밥상에 내려놓았다.

"사진, 좋아해?"

대답 대신 인스타를 키고 바꾼 지 얼마 안 된 아이폰5 기종을 내밀었다.

'yuu_film20'은 사진을 올리려고 만든 계정이었다.

사진을 시작한 것도 인스타 때문이다.

반년 전, 주 계정으로 사진 한 장이 흘러들어왔다. 흰 원피스를 입은 소녀가 수국 꽃밭에 서 있는 사진이었다. 보정의 힘도 있었겠지만 비현실적으로 아름다웠다.

사진에는 '#파인더_너머의_나의_세계'라는 태그가 달려 있고, 태그를 누르자 화면 속 스토리를 연상케 하는 SLR 사진의 향연이 펼쳐졌다.

나는 그 감성 충만한 세계관에 여지없이 반했다. 이들처럼 세계의 일부를 잘라내어 갖고 싶었다.

강렬한 충동에 휩쓸려 다음 날에는 교토역 요도바시카메라에 가서 이 카메라를 샀다.

SLR은 마법의 도구였다. 이 카메라로 사진을 찍으면 평범한 풍경도 영화의 한 장면처럼 보였다.

"이거 네 계정이야?"

나는 고개를 주억거렸다.

팔로워는 백 명 미만이었다. 그래도 괜찮았다. 친구도 아닌데 낯모르는 사람들이 계정을 구독하는 것만으로도 내가 특별한 존재가 된 것 같았다.

"유라는 이름은 한자로 어떻게 써?"

계정명을 보고 나기가 물었다.

"'해 질 녘(夕方)'의 유(夕)."

나는 대사를 미리 준비한 사람처럼 읊었다.

"유가 찍은 사진. 마음에 들어."

그 어떤 고백보다도 가슴 벅찬 말인 동시에 고백 그 자체였다.

"지금 거 나야."

인스타 알림에 'nagigram.7 님이 회원님을 팔로우하기 시작했습니다.'라는 표시가 떴다.

나기의 인스타로 넘어가 보니 대학교 강의실을 찍은 듯한 사진이나 게이한전차(오사카~교토~시가현을 연결하는 노선-옮긴이) 사진처럼 게시물에 통일성이 없었다.

"인생이 움직였다고 느낀 순간에만 올리거든."

나기는 말했다.

바로 어제 올라온 글에 가모강을 배경으로 《조제》 문고본을 찍은 사진이 실려 있어, 나는 이 사진에 관해 묻고 싶었지만…….

"나기 이름은, 어떻게 써?"

다만 그렇게만 물었다.

"'저녁뜸(夕凪)'의 나기(凪)."

나기도 미리 대사를 준비한 사람처럼 답했다.

"저녁뜸이 뭔데?"

"파도치지 않는 바다. 해 질 녘에, 바다에서 불어오는 갯바람과 육지에서 부는 뭍바람이 교차하면서 바람이 멎어."

"언제 보고 싶다."

"다음에 보러 가자."

가늘고 긴 나기의 손가락이 뺨에 닿는다.

"응."

나는 그의 손가락이 뺨에서 떨어지지 않도록 가만히 끄덕였다.

바람이 멎는다.

우리를 제외하고는 누구도 살아 있지 않을 듯이 고요한 밤중에 키스했다.

나는 처음이었지만 나기는 아니라는 것을 묻지 않고도 느꼈다.

우리는 페르시안 카펫 같은 무늬가 그려진 붉은 카펫 위에서 한 시간

동안 섹스했다.

#그냥저냥_아팠다

전주를 듣자마자 마음에 들 것이라 확신하는 곡이 있다. 이처럼 나는 나기가 말을 건 순간부터 반드시 그를 좋아하게 될 것을 알고 있었다.

"편의점에 아이스크림 사러 갈래?"

섹스 뒤에 나기는 수줍어하지도 않고 물방울무늬 트렁크를 걸치며 말했다.

"갈래."

가랑이 사이가 아직 저릿저릿하고 아팠지만 간다고 답할 수밖에 없었다. 나기는 상상한 것 이상으로 능숙했고, 그 앞에서 첫 경험이었다고 말하고 싶지 않았다. 나도 익숙한 것처럼 굴어야 우리 이야기에 어울린다고 보았다.

밖에 나오니 미지근한 빗방울이 점점이 떨어지고 있었다.

나기는 우산을 가지러 가겠냐고 묻지도 않고 그대로 걸어 나갔다. 나도 그편이 좋았다.

나기의 집에서 가장 가까운 편의점은

훼미리마트였는데, 둘이 고민하다 소다 맛과 초콜릿 맛 파피코를 사서 반씩 나눴다.

"왠지 좋다."라고 나기가 말했다.

"응."

'왠지' 정도가 아니라 인생 최고의 밤이었다.

결과적으로는 처음 만난 다음 날에 일을 치른 셈이지만, 그와는 만나고 오랜 시간이 흐른 것만 같았다.

이를테면 사이코와 로마이와는 전혀 달랐다고 하겠다. 그들처럼 미팅에서 말만 좀 섞은 상대와 당일 밤에 몸까지 섞는 행위와는 절대로 달랐다.

우리는 착실히 전주와 1절을 연주했다. 그리고 완벽한 순간에 후렴구에 진입했고말고.

참고로 〈타이타닉〉에서 잭과 로즈도 만난 지 하루 만에 몸을 섞었지만, 그 장면은 실로 아름다웠다.

말로 표현하기 어려웠지만, 대강 그런 느낌이었다.

따뜻한 밤바람을 맞으며 파피코를 입에 물고 자연스레 손을 잡았다.

사귀자고 말하지 않았어도 우리는 이미 연인이었다.

#끝나고_파피코를_사러_가는_습관이_생겼다

그날 이후로는 매일매일 붙어 있었다.

일주일에 닷새는 밤을 새워 가며 조그만 텔레비전으로 함께 영화를 보았다. 즉, 나는 거의 매일 나기 집에 눌러앉아 있었다.

영화에 나오는 집처럼 생긴 나기의 방이 좋았다. 이 방에서는 이야기의 주인공이 되었다. 나는 신들린 듯이 셔터를 눌렀다.

서로 과하게 불이 붙은 밤에는, 아무에게도 보일 수 없는 사진을 찍으며 낄낄거렸다.

인스타에는 그날 찍은 사진 가운데 가장 마음에 드는 것을 올렸다. 풍경 사진만 찍었으나 사진 뒤에는 언제나 우리가 있었다.

나의 세계는 나기 일색으로 물들었다.

나기와 만나지 못하는 날은 나기에게 추천받은 책을 읽었다.

나기가 좋아하는 것을 나 또한 좋아하고 싶었다.

"나기는 왜 소설가가 되기로 마음먹었어?"

밋밋한 가슴을 드러내놓고 나는 나기에게 여러 가지를 물었다.

나기와 있을 때 나는 항상 내가 아닌 나를 연기하는 기분이 들었지만, 정사 뒤에는 본래의 나 자신에 가까워졌다.

"전 여친이 책을 좋아해서 다양하게 권해 줬는데, 재밌어서, 직접 쓰고 싶어지길래 써 봤더니, 재밌었어."

나기는 순순히 답했다. 웬일로 말수가 많았다.

"그랬구나."

설마 거기서 전 애인 이야기가 나올 줄은 몰랐기에 내 마음은 단번에 어지러워졌다.

"여친은 어떤 사람이었어?"

상처가 더 깊어질 따름이었지만 묻지 않고는 배길 수 없었다.

"세 살 연상이었어. 미대에 다니면서 화가가 되기를 꿈꿨지."

그러면 고등학생일 때 대학생하고 사귀었다는 뜻이야? 어떻게 만났는데. 미인이었어? 가슴도 컸어? 혹시 지금도, SNS로 연락을 주고받아?

"아. 그렇구나."

그에게 따져 물을 말이 한순간에 산더미처럼 불어났지만, 맹한 표정을 꾸며내어 간신히 대꾸만 했다. 어처구니없이 **뻣뻣한** 말투였다.

"됐고. 아이스크림 사러 가자."

미묘한 침묵이 생겨난 것을 눈치챈 나기가 바닥에 벗어던졌던 쥐색 티셔츠를 걸치며 말했다.

"응."

나도 이불 속에 파묻혀 있던 팬티를 꺼내 입었다.

"여름도 다 갔네."

훼미리마트에 가는 길, 바닥에 떨어져 죽은 매미를 보면서 나기가 말했다.

"그러네."

"저렇게 죽은 것처럼 보이는 매미가 갑자기 날아오를 때가 있잖아. 그걸 세미파이널(매미가 일본어로 '세미蟬'인 것을 이용한 말장난—옮긴이)이라고 하더라."

나기는 나를 웃기려 애썼다.

"진짜 재밌다."

하지만 내 얼굴은 딱딱히 굳어 생각처럼 웃을 수 없었다.

내 입으로 물어봐 놓고는 진력이 날 만큼 우울해졌다.

미대에 다녔다던 나기의 전 여자 친구는 마니아인 척하는 나와 다르게 실로 본격적인 예술가로서, 수많은 작품을 알고 그 본질을 이해하며 나기의 인생에 자극을 준 존재일 것이다.

어쩌면 나기가 내게 알려준 책은 전부 그녀가 읽던 책인지도 모른다. 아니, 분명히 그럴 것이다.

"내일, 바다에 가지 않을래?"

따라서 나기가 그렇게 제안한 것은 눈에 띄게 시무룩해진 나를 달래기 위해서였다.

나기 잘못은 하나도 없건만, 나는 괜스레 망설이는 척 시간을 끌다가 "가자."라고 대답했다.

#돌아오는_길에_세미파이널과_조우

다음 날, 이피시 카페에서 아보카도 참치 샌드위치를 먹고 렌터카를 빌려 핫초하마 해변으로 출발했다. 핫초하마는 교토에서 동해 쪽을 바라보고 있다. 우리가 사는 무대에서 가장 가까운 바닷가였다.

차 안에서는 첫 번째 곡으로 〈하이웨이〉를 틀고 쿠루리의 노래를 이어서 들었다.

나기가 면허를 가지고 있었는지는 몰랐다. 서로 속속들이 아는 것 같으면서도, 사실 우리는 만난 지 두 달을 채우지 않은 사이였다.

"곧 도착해."

"응."

운전하는 모습이 일일이 날 애태웠다.

핫초하마에 도착하니 해 질 녘이었다.

차에서 내리자, 파도가 멎어 잔잔한 바다가 보였다.

"저녁뜸이야."

나기가 감탄했다.

파인더로 바라보니 저녁놀 빛에 물든 수평선이 끝없이 펼쳐져 있었다. 시간이 멈춘 듯했다.

나는 사진을 여러 장 찍은 뒤, 나기의 얼굴을 보지 않고 수평선을 바라보며 말했다.

"내가 나기의 데뷔작 표지를 찍을 거야."

반쯤은 전 애인에게 지지 않겠다는 오기에서 나온 말이었다.

나머지 절반은 초조함이었다.

언젠가 소설가가 된 나기 곁에 어울리는 인간이 되어야만 한다고. 그러지 못하면 함께 있을 자격을 잃을지도 모른다고.

"잘 부탁해."

나기는 웃으며 말했다.

진심이든 거짓말이든 그저 기뻤다.

"나기랑 영원히 함께 있고 싶어."

"그러자. 죽을 때까지."

소설을 워낙 많이 읽어서인지 나기는 종종 저렇게 부끄러운 말을 태연히 꺼냈고, 그런 행동이 언제고 내게는 기쁨이었다.

"응."

그리고 우리는 어깨를 서로 기댄 채 파도가 돌아올 때까지 저녁뜸 속에 머물렀다.

#그땐_그랬지

그날, 어른이 되기까지 시간이 한참 남아 있다고 믿어 의심치 않았다.

심지어 이십 대가 영원처럼 지속될 것이라고도 느꼈다.

하지만 나는 이처럼 눈 깜짝할 사이에 서른 살이 되었다. 그날의 나보다 열 살이나 많았다.

달빛 아래에서 나는 나기가 '좋아요'를 보낸 이유를 고민했다.

나기는 아무 이유 없이 그런 행동을 할 사람이 아니다. 우리는 언제나 변함없이, 그야말로 이별하는 순간에조차 우리의 이야기가 특별하도록 신경을 기울였으니까.

'좋아요'를 받은 그날의 바다 사진을 다시 살펴본다.

······그리고 간신히 기억해 냈다.

십 년 전 오늘, 핫초하마에 저녁뜸을 보러 갔다.

나기의 인스타 피드가 오 년 만에 갱신된 것은 그 순간의 일이다.

"인생이 움직였다고 느낀 순간에만 올리거든."

기억 속에서 그가 남긴 말이 떠오른다.

나기가 올린 사진은 잡지 귀퉁이를 잘라낸 것이었다.

사진 첫 장에는 '문학세계상 2차 심사 결과'라고 적혀 있고,

최종후보작

《저녁뜸》 하기와라 나기

두 장째에 작품명과 이름이 나와 있었다.

나는 집에 돌아와 나미를 이불에 눕히고, 아일랜드 식탁에서 전에 사다 둔 칼피스 소다(한국의 밀키스와 비슷한 일본 음료수─옮긴이)를 단숨에 들이켰다.

술렁이는 가슴이 멈출 줄을 몰랐다.

나기는 그 후로도 꾸준히 소설을 집필한 것이다.

그가 올린 게시물은 문학상 최종 후보에 올랐다는 알림이었다.

무엇보다도 나를 곤혹스럽게 하는 것은 《저녁뜸》이라는 제목이었다.

책장 위에서 인테리어의 일부가 되어 버린 Kiss와 눈이 마주친다.

대학을 졸업한 뒤로는 거의 손대지 않았다.

어느새인가 스마트폰으로만 사진을 찍었다.

나는 Kiss를 집어 들어 먼지를 털고 조심스레 나갈 채비를 했다.

나미의 기저귀를 갈고 침실을 들여다본다. 요스케는 늘 그렇듯 코를 골며 잠들어 있다. 죽은 듯 잠든 그의 얼굴을 새삼스럽게 바라보자니

이타오 이쓰지와 조금 닮은 듯했다.

"다녀올게."

나는 말했다. 결혼하고 벌써 삼 년이 지났다. 이 정도 음량으로는 요스케가 깨지 않는다는 사실을 학습했다.

요스케가 저렇게 깊이 잠들어 있으니 나미를 그 옆에 두고 나갈 수는 없다. 제발 울지만 말라고 속으로 빌면서 카 시트에 앉혔다.

아무도 모르게 나올 수 있었고, 안도의 한숨을 뱉는다. 내비게이션 목적지를 핫초하마로 설정하고 자동차 엑셀을 밟았다.

운전 면허는 나기와 헤어지자마자 땄다.

실연 여행을 떠날 목적으로는 아니었고, 일하는 데 필요했기 때문이다.

여기서 핫초하마까지는 두 시간 반. 아침 무렵에는 도착할 것이다.

무슨 일이 있어도 오늘 가야 했다.

#다시_만날_수_있을_것_같았다

"나 졸업하면 준야랑 결혼한다."

사이코가 그렇게 말한 것은 대학 4학년 여름이었다.

"뭣."

"임신했거든."

"기다려 봐. 준야가 누군데."

나기와 사건 이후로 사이코와 이야기할 기회는 부쩍 줄었다.

사이코나 나나 남자친구가 생긴 것을 계기로 강의를 밥 먹듯이 빠지기도 했고, 원래부터 그리 친한 친구도 아니었다.

"후지모리 선배."

"그게 누구냐고."

"2학년 때 미팅에 같이 가서 만났잖아. 기억 안 나?"

"……로마이?!"

오랜만에 그 이름을 떠올렸다.

"그건 또 누구야."

사이코는 응당 그렇게 물을 만했다.

"미, 미안. 하지만 너, 헤어지지 않았었어?"

마지막으로 들은 이야기로는 분명 그랬다.

"헤어졌는데, 다시 사귀기로 했다가, 또 헤어졌다가 다시 만났다가. 결과적으로 이거야."

사이코가 아직 부풀지 않은 배를 가리켰다.

"그래. 엄청난 전개구나. 음, 어쨌든 진심으로 축하해."

지난날처럼 손끝으로만 박수를 보내면서 그렇게 말은 했지만, 도무지 축하할 일이 아니었다.

하필이면 상대가 그 로마이인 데다 임신까지 했단다. 졸업하면 주부가 되고 엄마가 되는, 고작 그뿐인 인생. 어쩐지 불쌍하다는 생각이 들었다.

"나기는 결혼 생각 있어?"

그날 밤 나기의 방에서 영화를 보면서 나는 물었다. 그날 본 〈초콜 렛 도넛〉이라는 영화는 게이 커플이 남자 장애 아동을 키우는 내용으 로, 도중에 눈시울을 여러 번 적셨다.

"아직 모르겠어."

나기는 맥북으로 소설을 쓰면서 대답했다. 선배에게 싸게 받았다는 모양이다.

"하긴 그렇지."

죽을 때까지 함께하자는 말과 결혼은 동의어가 아니었다고 새삼 깨닫는 한편, 이렇게 아름다운 영화를 보지 않는 나기를 나는 이해할 수가 없었다.

나기와 사귀고 이 년이 지났다.

여전히 매일매일 함께 지내고, 만나지 못하면 서글퍼지고, 둘 중 한 사람이 술자리에 나가는 날은 질투도 한다.

그러나 저녁뜸을 보러 간 날처럼 환상적인 기분은 이제 우리 사이에 없었다.

함께 있는 시간이 당연해지자 작품 감상을 열렬히 나누는 일은 없어 졌고, 영화를 함께 보는 날도 차츰 사라졌다. 욕구불만을 해소할 목적 이 아닌, 그저 연인 사이를 재확인하는 작업으로서의 섹스는 오 분이면 끝났다.

다만 관계한 뒤에 아이스크림을 사러 가는 습관은 아직도 건재했다.

"취직은 어떡할 거야?"

커피 맛 파피코를 먹으며 나기가 묻는다.

"이력서는 쓰고 있어."

나는 소다 맛 파피코를 물고 대답했다.

"힘들겠다."

실은 진작 이 맛에 질렸지만, 그 사실을 밝혔다가는 지난 이 년이라는 시간이 녹아내릴지 몰라 말하지 못했다.

"나는 역시 소설가가 되고 싶은데."

"당연히 되지. 나기니까."

입버릇처럼 하는 말이었지만, "일하면서도 소설은 쓸 수 있지 않나?"라는 소리가 목 언저리까지 올라오고는 했다. 그도 그럴 것이, 잠이 오지 않는 밤에 몰래 읽은 나기의 소설이 순문학을 떠나서도 너무 재미없었던 탓이다. 전위적이라고 하기도 뭔 것이, 한마디로 말해서 하루키에게 감화되어 휘갈긴 자위 소설이라고 요약되는 내용이었다. 취업 준비도 하지 않고 이렇게 괴상한 소설이나 쓰고 있었다니 솔직히 실망했다. 나기는 문예지에 제 이름이 실리지 않는 현실에 매번 마음 깊이 분을 냈지만, 이래서야 1차 심사도 통과하지 못할 만했다고 절로 고개가 끄덕여졌다.

하지만 나기 일로 이러쿵저러쿵할 자격이 나에게는 없다.

표지를 찍겠다고 큰소리쳐 놓고 내 사진 기술은 제자리걸음이었다. 지난 이 년 사이에 'yuu_film20' 계정 팔로워는 겨우 오십 명이 늘었고, 가끔 해시태그로 참가할 수 있는 사진 경연 등에 응모해 봐도 늘 떨어졌다.

그런데도 나기처럼 속상해하지 않은 이유는 진심으로 사진작가가 될 마음이 없었기 때문이다.

나는 다만 그 태그를 써서 사진을 올리는 나 자신이 좋았고, 다만 나기 곁에 있고 싶었다.

한숨이 흘러나온다.

"왜 그래."

"아니야. 취직하기 힘드네, 싶어서."

"그러게."

하지도 않는 사람이 '그러게.'라니.

"응. 눈물 날 것 같아."

나는 낮에 만난 사이코를 불쌍히 여겼다.

이제는 무엇도 될 수 없는 사이코가 가여웠다.

그러나 실제로 다른 무엇이 될 수 없는 사람은 나였다.

#나기와_결혼까지_꿈꾼_내가_있었다

가을에서 겨울로 넘어갈 무렵 나는 취직에 성공했다. 이 고장에 뿌리내리고 있는 부동산 회사로, 사진과는 하등 관계없는 곳이었다. 누구는 도쿄에 있는 회사로 가기도 했지만 나는 교토를 떠난다는 생각을 해 본 적이 없었다. 가슴 한구석에는 여전히 나기와 헤어지기

싫다는 마음도 남아 있었을지 모른다.

"센코하나비(일본의 여름 풍물. 길게 만 종이 끝에 불을 붙여 즐긴다-옮긴이)로 축하하자."

나기가 말했다. 작년에 쓰고 남은 센코하나비를 선반 위에 그대로 방치하고 있었는데, 눈에 띈 모양이다.

"겨울인데?"

"겨울이니까 해야지."

"그렇구나? 무슨 말이람."

말꼬리는 잡았지만 나도 Kiss를 목에 걸고 나기를 따라 베란다로 나섰다.

차가워진 공기가 밤을 천천히 얼리고 있다.

"자, 이건 유 몫이야."

"고마워."

나기가 라이터로 불을 붙인다. 불그스름한 빛 덩어리가 탁탁 소리를 내며 타오른다.

"여름 냄새가 나네."

나기가 말한다.

"여름이 시작할 때? 끝날 때?"

손에 카메라를 들고 파인더 너머로 나기를 바라보며 물었다.

"수업 시작할 때든 끝날 때든 종은 울리잖아. 그거랑 비슷하달까."

셔터를 누르며 나는 생각한다.

이 센코하나비는 시작일까, 아니면 끝일까.

"내년 여름에는 불꽃축제를 보러 갈까?"

나기가 말한다.

"응."

고개를 끄덕이면서도 마음이 속절없이 애달픈 까닭은, 답이 없는 이야기를 동경했으나 답이 없는 이야기에 지쳐 버린 내가 그곳에 있기에.

"이거 다 하고, 오랜만에 같이 영화도 보자."

그 순간 내 목소리는 지나치게 심각했을지도 모른다.

"……그럼 〈조제〉는 어때."

'마지막으로.'라고 덧붙이지 않아도 나기는 짐작했을 것이다. 마지막 회에 너무도 잘 어울리는 영화였다.

나기가 싫어진 것은 아니다.

오히려 아직도 그를 지나치리만치 사랑하는지도 몰랐다.

하지만 대학 졸업까지의 제한 시간 안에 무엇도 이루지 못할 것 같은 우리 사이는 이 센코하나비처럼 땅에 떨어지기 직전이었고, 가장 찬란했던 순간은 벌써 예전에 흘러가고 말았다. 그리고 한번 작아진 불씨는 다시 커지는 법이 없다.

"그래. 빌리러 가자."

손을 잡고 대여점까지 갔다. 나기가 먼저 손을 잡아 왔다. 붙잡는 힘은 눈물이 흘러나올 만큼 강해서 그냥 다른 영화를 빌리고 싶어졌다. 하지만 내 손은 똑똑히 〈조제〉를 골라 계산대로 가져갔고, 나기는 아주 조금 울적한 표정을 짓고 있었다.

그 얼굴을 시야에 담으며, 후회할 거라면 조금만 더 마음을 다해 사랑해 주지 그랬느냐고 생각했다.

밤새워 〈조제〉를 보았다. 말없이 엄숙하게 보았다.

지금껏 둘이 함께 본 적은 없었다는 사실에 의미를 부여한다면, 이처럼 우리 관계에 걸맞은 결말을 맞이하기 위해서였는지도 모르겠다.

나기와 보낸 나날은 현실감이 없어 즐거웠다. 하지만 얼마 뒤에는 그 비현실적인 분위기를 싫어하게 될 것이다.

나는 이제 나기의 꿈을 진심으로 응원할 수 없기 때문이다. 또 나 자신은 꿈속에 사는 인간이 아니었다는 현실도 자각했다. 특별한 존재를 동경했으나 나는 그저 평범하게만 살아갈 수 있는 인간이었다.

내가 얕잡아보았던 사이코와 로마이는 영원을 맹세하고, 전주부터 1절을 지나 후렴구까지 완벽하게 연주했던 우리는 영화가 끝나는 대로 이별을 이야기할 것이다.

그러나 끝이 있기에, 더구나 해피엔딩이 아니기에 이 이야기가 가장 아름답게 빛날 것을 우리는 너무나도 잘 알았다.

#여름_냄새만_남았다

핫초하마에 도착하니 아침 일곱 시였다.

차의 진동이 의외로 기분 좋았던 것일까? 나미는 깊이 잠들었다. 깨지 않도록 살며시 품에 안아 천천히 바다로 걸어 나갔다.

"아침뜸이네."

눈앞에 펼쳐진 광경을 보며 시간이 되감긴 듯 착각한다.

파도가 멎어 잔잔한 바다.

태양은 이제 막 떠올랐고, 햇빛이 수면에 반짝이며 반사된다.

이 시간대에는 저녁뜸과 마찬가지로 해풍과 육풍이 바뀌면서 해안에서 한동안 바람이 자는 것이다.

만약 내 이름이 '아사(아침朝)'였다면 나기는 그날 아침 바다로 데려와 주었을까. 《아침뜸》이라는 제목으로 소설을 썼을까.

"나기."

하찮은 질문을 던지며 나는 바다를 향해 십 년 만에 그 이름을 불렀다.

"나기."

다시 한번, 먼저보다 목소리를 높여서.

"나기, 나 서른 살이 됐어."

말하면서 코끝이 시큰해졌다.

이곳에 오면 만날 수 있을 것만 같았다.

하지만 당연히도 이제는 없었다.

내가 큰 소리를 낸 탓에, 어느새 잠에서 깬 나미가 불안한 듯 내 눈물로 손을 뻗었다.

"엄마."

나미가 유일하게 할 줄 아는 말이다.

나는 나미를 끌어안으며 모래사장에 주저앉았다.

"엄마는, 보고 싶었어."

정말로 보고 싶었다.

단 한 번이라도 다시 만나고 싶었다.

나기가 아닌……. 나기와 지내던 시절의 나를 만나고 싶었다.

결혼하고 아이를 낳아 누구나가 정답이라 말하는 인생을 손에 넣었으면서 마음 한편으로는 줄곧 그때의 나를 그리워했다.

우스꽝스러운 옷을 입고, 일부러 게분샤까지 가서 책을 살펴보고, 이야기에서 빼어난 부분을 곱씹으며, 파인더 너머의 시시한 경치에 하나하나 의미를 부여하던 나를.

가방 안에서 스마트폰이 진동한다. 요스케가 건 전화였다.

"여보세요."

학생이던 시절에는 무시했겠지만, 지금은 전화를 받았다.

"미안, 내가 지금 일어났는데. 나미도 없고 차도 없고, 걱정돼서. 어디야?"

요스케의 목소리는 좋든 싫든 나를 현실로 되돌린다.

"과거에 있어."

수평선을 응시하며 나는 대답했다.

요스케와는 사 년 전에 직장 동료가 추천한 만남 어플을 통해 알게 되었다.

전부터 권유는 있었지만 나는 나기와 함께 만든 이야기를 잊지 못한 채였다. 그토록 운명적이며 특별한 만남은 그리 흔치 않다. 당연히 이별을 후회할 때도 있었다. 끝내 같은 결말에 이르더라도, 그전에 서로 본심을 털어놓았다면 좋았을 텐데, 그렇게 생각하고는 했다.

그러다 보니 얼굴이 그럭저럭 취향이라는 이유로 가볍게 만나 본 남자와 결혼까지 갈 줄은 상상도 못 했다.

"어릴 때부터 계속 읽고 있어요."

그와는 교토 특산 채소를 전문으로 다루는 주점에서 만났다. 좋아하는 책 이야기가 나오자 그는, 인생 만화인《원피스》전권을 가지고 있으며 샹크스가 루피에게 밀짚모자를 건네는 장면은 몇 번씩 되풀이해서 봐도 가슴이 찡하다고 했다. 그 순간 나와 맞지 않는 사람이라고 생각했다.

가입한 내가 할 말은 아니지만, 만남 어플 같은 데 있는 남자는 역시 미팅에 나오는 남자와 다름없다고 여겼다.

사랑과는 거리가 멀었다.

그런데도 나는 요스케와 꾸준히 만났다.

너무도 편안히 숨 쉴 수 있었기 때문이다.

요스케 옆에서는 아무런 겉치레도 필요 없었다. 그럴싸한 말을 쥐어 짜내지 않아도, 암만 썰렁한 소리를 해대도 재미있다고 웃었다.

"만남 어플은 아무래도 무서웠는데, 가입하길 잘했어. 덕분에 유를 만났으니까."

막 사귀기 시작했을 무렵 알게 되었다. 요스케의 선배가 오랫동안 애인이 없는 그를 걱정해서 반쯤 강제로 어플에 가입시켰는데, 제일 먼저 눈에 띈 사람이 나였다고 한다.

그 말대로 요스케는 SNS에 일절 관심이 없었고 아무런 인정 욕구도 없었다.

나미가 태어난 뒤로는 낮은 월급에 보태려고 죽을 둥 살 둥 하며 일에 매달렸다.

"여보, 제발. 그러지 말고 제대로 알려줘. 지금 어디야?"

그러니 나만 힘들고 한계가 가깝다고는 말할 수 없었다.

혼자만의 시간이 필요하다고 말하지 못했다.

"미안해. 지금 바다야. 갑자기 보고 싶어져서. 지금 출발할게."

#이제_wonderful은_입지_못한다

"어서 와."

집에 돌아가자 요스케가 보란 듯이 에이프런을 걸치고 주방에 서 있었다.

식탁에는 짧은 원기둥 모양으로 뭉친 주먹밥, 두부와 미역을 넣은 된장국, 음식 견본처럼 생긴 계란말이가 놓여 있다.

"이게 다 뭐야?"

나는 깜짝 놀라 물었다.

"뭐기는. 아침밥이지."

"요스케가 만들었어?"

"그럼. 대학 다닐 때 주점에서 알바했거든. 덕분에 계란말이는 자신이 있답니다."

요스케가 자랑스럽게 말한다. 나는 지금껏 요스케가 요리할 줄 모른다고 지레짐작했다. 사귄 기간까지 포함해 사 년이나 함께 지냈는데 주점 아르바이트 이야기도 처음 들었다.

"그리고 미안했어."

"응?"

"나 말야, 유한테 너무 기댔지. 회사 일이 너무 힘들어서 집안일까지는 도저히 못 한다고 내심 생각했나 봐. 그러면 안 되는 거였는데. 그래서 말할 게 있어. 앞으로 쉬는 날에는 요리 같은 건 내가 할게. 괜찮을까?"

가슴이 미어졌다.

말도 없이 멋대로 나미를 안고 사라진 나야말로 사과해야 한다.

하지만 내가 과거에 다녀오는 사이, 요스케는 내가 사라진 이유를 골똘히 생각한 것이다.

"요즘 나미가 밤에 하도 울어서. 옆집 아줌마는 시끄럽다고 쪽지를 붙여 놓고, 그래서 무서워서 잠들지 못하고, 이것저것 모든 게 너무나 힘들었어."

말을 꺼내자 자동으로 눈물이 넘쳐흘렀다.

"알아주지 못해서 미안해."

사과하지 않아도 괜찮아. 둔감한 당신 덕에 도움받은 적도 여러 번

있어. 오늘도 그래.

"유. 앞으로는 뭐든지 더 많이 얘기해. 나도 더 신경 쓸게. 그러니까 제발 부탁인데 갑자기 사라지지만 말아 주라."

요스케는 나를 꽉 끌어안았다. 남자란 불안할수록 힘이 강해지는 생물이라 참으로 사랑스러웠다.

"미안."

어쩌면 나는 다만 이렇게 꼭 안아 주기만을 바랐는지 모른다.

하루하루가 너무나 빠르게 흘러가고, 온몸에 힘이 빠져 공기처럼 흐릿해진 채, 서로가 필요하다는 표현도 하지 않게 되었다. 그래서 내내 혼자라는 기분에 외로웠는지도 모른다.

"모래 묻겠다."

나는 코를 훌쩍거리며 말했다.

"괜찮아. 욕조에 물 받아서 다 같이 씻자. 그러고 아침 먹어야지."

"응."

요스케는 내가 바다에 간 이유를 무엇 하나 묻지 않았다.

바닷바람 냄새가 밴 나미의 머리칼을 꼼꼼히 감겨 주었다.

계란말이는 내가 만든 것보다 훨씬 맛있었다. 된장국은 조금 짰지만 지친 몸에는 딱 좋았고, 남이 만들어 준 주먹밥은 세상에서 제일 맛있었다.

"오늘은 집안일도 내가 할 테니까 유는 푹 쉬어."

아침을 먹고 요스케가 씩씩하게 선언했다.

말하려고 준비하고 있었나 보다. 나는 고개를 끄덕이며 웃었다.

호의를 받아들여 낮잠을 늘어지게 자고 일어나 넷플릭스에서 〈꽃다발 같은 사랑을 했다〉를 보았다. 서브컬처 마니아인 두 주인공의 모습에 예전의 자신이 끊임없이 겹쳐 보였고, 마지막 장면에서는 펑펑 울었다.

"저녁은 뭐로 할래?"

여운에 잠긴 사이 금세 밤이 찾아왔고 요스케가 물었다.

"육즙이 주르륵 흐르는 햄버그!"

〈꽃다발〉을 보았기 때문이었다. 작중에 나온 사와야카 레스토랑의 햄버그가 어찌나 맛있어 보이던지.

"그래, 맡겨만 둬."

한 시간 뒤 완성된 햄버그는 둘이 무심코 웃음을 터트릴 만큼 딱딱해서 육즙이라고는 한 방울도 나오지 않았다.

손에 익지 않은 육아에 집안일까지 하느라 지치기도 했겠지. 나미를 재우고 저녁 식사 뒷정리를 마친 요스케는 거실 소파에서 잠들고 말았다.

빤히 바라보니 역시나 어딘지 모르게 이타오 이쓰지를 닮은 데가 있다.

하지만 요스케는 틀림없이 〈공기인형〉이나 〈조제〉를 본 적이 없을 것이다.

쿠루리나 피시맨즈의 노래도 들은 적 없으리라.

가장 좋아하는 영화로 〈쥬라기 공원〉을 꼽을지도 모른다.

그것으로 되었다. 서른 살이 된 나는 그런 요소로 사람을 판단하지 않는다.

좁고 어두침침한 부엌에 이끌리던 나는 이제 없다.

이제 와 그런 방에 살라고 한다면, 최악도 그런 최악이 없을 것이다.

"잘 자. 고마워."

살며시 타올 담요를 덮어 주고 모래가 묻은 가방에서 Kiss를 꺼낸다.

바다에서 돌아오기에 앞서 찍은 사진을 폰으로 전송하면서 인스타를 켰다.

비공개로 해 놓은 나의 주 계정은 더는 나기와 이어져 있지 않았지만, 사이코가 '초등학생 아들이 야구를 시작했다'라는 글을 올린 것이 보였다.

사이코는 벌써 세 아들을 둔 엄마가 되었다. 하루가 멀다고 행복한 가족 풍경을 올리며 완벽한 생활을 보내는 듯해도, 남편 로마이가 몇 번이나 바람을 피웠다는 사실을 알고 있다. 그럴 때마다 울면서 연락하기 때문이다.

인스타에 올라오는 세계가 그 사람의 전부는 아니다.

하지만 'yuu_film20' 계정에 남긴 나날은 그 무렵 나의 전부였다.

마지막 글은 칠 년 전. 나기와 헤어지자고 이야기한 날 찍은 센코

하나비 사진. 자작 시처럼 창피한 문장과 예의 태그가 본문에 있다.

베란다에 남았던 여름 냄새를 되새긴다. 그날의 센코하나비는 나기가 말한 대로 끝이자 시작이었다.

나는 심호흡하고 최종 후보에 남았다는 나기의 게시물에 '좋아요'를 눌렀다.

"축하해."

댓글은 달지 않겠지만 이 마음은 진심이었다.

가능하다면 어떤 소설인지 읽어 보고 싶다. 혹시 내 이야기가 쓰여 있다면 울음을 터트릴지도 모른다.

그러나 아무리 감동한들 나기를 만날 생각은 들지 않을 것이다.

그날 떨어진 불씨가 다만 재로 화하였듯이, 지금의 나에게 나기는 애처로우리만큼 과거의 인간이었다.

소설가라는 꿈을 좇아 여기까지 온 나기는 평범한 주부가 된 나를 혹 가여워할까.

얼마 지나지 않아 요스케가 평소처럼 코를 골기 시작한다.

이 정도 소리라면 나미가 깨어나 울며 보채는 것도 시간 문제겠다.

차 안에서 얌전히 잠들어 있었으니 혹시 잠깐이라면 드라이브에 또 데려갈 수 있으려나 생각하면서, 마음이 거짓말처럼 잔잔하다는 사실을 자각한다. 틀림없이 잊고 지내던 예전의 나를 만나고 온 덕분이리라. 내일은 온 가족이 함께 도요테이에 햄버그스테이크나 먹으러 갈까.

마음속으로 정하며 나는 공연히 인스타를 배회한다.

아까부터 한참이나 망설이고 있다. 혹은 망설이는 척을 하고 있다.

아침뜸 한가운데에 자그마한 등이 가만히 서 있는 사진을 어떤 계정에 올리면 좋을까.

행복하다고 전하고 싶었다.

#파인더_너머의_나의_세계

#해시태그 스토리

초판 1쇄 발행	2024년 10월 11일
지은이	아자부 게이바조, 가키하라 도모야, 가쓰세 마사히코, 기나 지렌
옮긴이	박기옥
펴낸이	황윤재
디자인	오아름
교정교열	혜로
표지그림	wacca [Midnight me]
편집 · 제작	네오시스템
펴낸곳	허밍북스(포즈밍)
출판등록	2022년 11월 23일 제2022-000030호
주소	(42699) 대구시 달서구 문화회관11길 31, 3층
전화	053-591-1010
팩스	053-591-1075
이메일	jaeo@hmbs.co.kr
인스타그램	@humming__books
ISBN	979-11-981830-5-7 03830
값	16,500원

* 포즈밍은 허밍북스 출판그룹이 선보이는 새로운 임프린트입니다. 일상, 힐링, 로맨스, 성장 그리고 크로스오버 대중교양을 통해 독자님들께 즐거움과 따뜻함을 전하고자 합니다. 포즈밍의 책이 독자님의 일상에 작은 감동과 위로가 되길 바랍니다.